目次

JN031857

「照降町《てりふりちょう》四季《のしき》」

おもな登場人物

佳乃《よしの》
照降町で鼻緒や下駄を扱う「鼻緒屋」の娘。二代目の父・弥兵衛《やへえ》亡き後、三代目女主として懸命に鼻緒職人の腕を磨いている。

八重《やえ》
佳乃の母。

八頭司周五郎《やとうじしゅうごろう》
もと豊前小倉藩士の浪人。二年ほど前から「鼻緒屋」で鼻緒挿げの修業をしている。

八頭司裕太郎《ゆうたろう》
周五郎の兄。豊前小倉藩士として小笠原家に仕えていた。

幸次郎《こうじろう》
箱崎町の船宿・中洲屋の船頭。佳乃の幼馴染。

宮田屋源左衛門《みやたやげんざえもん》
照降町の下り傘・履物問屋「宮田屋」の主。暖簾わけした「鼻緒屋」の後ろ盾。

松蔵《まつぞう》
「宮田屋」の大番頭。佳乃の腕を見込んでいる。

文春文庫

一夜の夢

照降町四季《てりふりちょうのしき》（四）

佐伯泰英

文藝春秋

若狭屋《わかさや》喜兵衛《きへえ》　照降町の下り雪駄問屋「若狭屋」の主。「宮田屋」と並ぶ老舗の大店。

大塚《おおつか》南峰《なんぼう》　長崎で蘭方医学を学んだ医者。周五郎に剣術の稽古をつけてもらっている。

準造《じゅんぞう》　「玄冶店の親分」と慕われる十手持ち。南町奉行所の定町廻同心に仕える。

四郎兵衛《しろべえ》　吉原会所の頭取。吉原の奉行ともいうべき存在。

梅花《ばいか》　吉原の大籬「雁木楼《がんぎろう》」の花魁。当代一の権勢を誇る。

小笠原《おがさわら》忠固《ただかた》　豊前小倉藩六代藩主。

↑至 根津
新吉原
浅草
根岸の郷
不忍池
←至 市ケ谷
湯島天神
神田佐久間町
神田川
神田明神
駿河台
昌平橋
両国広小路
両国橋
江戸城
鎌倉河岸
小伝馬町
芝居町
大川
本丸
西ノ丸
魚河岸
新大橋
道三堀
日本橋
深川佐賀町
箱崎町
南茅場町
深川
霊岸島
永代橋
八丁堀
南町奉行所
富岡八幡宮
塩浜町
深川黒江町
深川入船町

照降町四季　江戸地図

照降町周辺
龍閑川
小伝馬町
牢屋敷
鉄炮町
堀江町
小船町
玄冶店
芝居町
魚河岸
荒布橋
親仁橋
日本橋
日本橋川
照降町
小網町
堀江町
鎧ノ渡し

一夜の夢

照降町四季（四）

第一章　兄の死

一

八頭司周五郎《やとうじしゅうごろう》が道三堀《どうさんぼり》の道三橋北側にある豊前小倉《ぶぜんこくら》藩十五万石小笠原《おがさわら》家の江戸藩邸の門を潜《くぐ》ったのは、二年数か月ぶりのことであった。八頭司家の老練な中間《ちゅうげん》兼三《けんぞう》が伴わなければ、とてもすんなりと藩邸内に入れる形《なり》ではなかろう。

盆ゆえこざっぱりとした小袖は着ていたが羽織も袴もなしの着流しで、刀は左腰に一本差しにしていた。

若い門番が訝《いぶか》しそうな表情で周五郎を見て、兼三に視線を移した。

「こちらは御番頭《ごばんがしら》八頭司家のご次男、周五郎様にございます」

と兼三が言い訳してようやく通された。

譜代大名の小笠原家の江戸藩邸は十五万石格の七千八百四十余坪あり、北側に出羽《でわ》鶴岡《つるおか》藩酒井《さかい》家、西に播磨《はりま》姫路《ひめじ》藩酒井家、南側には小普請方定小屋と御作事方定小屋、さらに東には越前福井《えちぜんふくい》藩の松平《まつだいら》家の屋敷と、四方を囲まれていた。

そんな藩邸の北側の一角に定府家臣らの御長屋があった。

小倉藩の職制からいえば、中老に次ぐ番頭格の八頭司家の御長屋は、独立した敷地で狭いながら庭付きであった。

屋敷は森閑としていた。

兼三が式台の前で、お上がりください、というように目顔で合図した。

「まずそれがしを同道したことを父上に告げてくれぬか。お許しを得たい」

と周五郎は願った。

「周五郎様の御屋敷ですぞ」

と言いながらも兼三は横手に回って内玄関から屋敷の中に姿を消した。

八頭司家の御長屋のあるあたりには小笠原家の重臣団が住まっていたが、周辺はいつも以上に緊張と静寂に包まれていた。その重々しい雰囲気が八頭司家に降りかかった、

「悲劇」

を表していた。

八頭司家の用人の石持平蔵《いしもちへいぞう》が慌ただしく姿を見せた。

「周五郎様、ささっ、早く」

「父上のお許しがあったな」

は、はい、と応じた石持もまた、

「周五郎様の屋敷にございます」

と言い足した。

「石持、兄者の身になにが起こったのだ」

「昨夜、藩邸の裏門付近で倒れておられるのを中間の兼三らが見つけました。何者かに暗殺されたかと思われます。それ以上のことは殿にお尋ね下さい」

と石持用人が潜《ひそ》み声で言った。

周五郎は履物を脱ぐと刀を手に携《たずさ》えて式台から廊下に回り、庭伝いに灯りの点《とも》る奥座敷に向かった。

踏み固められた庭の一角が、幼いころから父の清左衛門《せいざえもん》に厳しく剣術を仕込まれた稽古場であった。

周五郎は足を止めて稽古場を見た。

清左衛門は神伝一刀流の遣《つか》い手で、八頭司流なる剣術の秘伝が伝わる八頭司家に婿入りした。周五郎が三歳の折、祖父が亡くなり、八頭司家を正式に継いだ清左衛門は、物心ついた折より修行してきた神伝一刀流と八頭司流の流儀を合わせ、名を、

「神伝八頭司流」

とした。そして、この流儀の剣術を八頭司家のふたりの息子、裕太郎《ゆうたろう》と周五郎に教え込むことにした。だが、兄の裕太郎は家付きの母親の庇護の下に隠れ、剣術の修行はお座なりにしてきた。剣術修行など出世の役には立たぬと母も兄も考えが一致していた。

反対に次男の周五郎は、どんな状況下でも神伝八頭司流の剣術修行に没頭した。周五郎が十六歳になった折、藩邸内の剣道場に稽古に通いたいと父に望んだ。

そのとき、清左衛門は、

「藩の剣技は、小野派一刀流、今枝流、無眼流の三流儀が競い合っておる。じゃが、どの流儀とてそなたは満足すまい」

と答えた。

「父上、どういうことですか」

「そなたの剣術の技量は三流儀を超えておる」

　と言い切り、

「そればかりか藩道場に通うようになれば、そなたの左右どちらも使う剣術をまた一から直されよう。父が十余年かかって、そなたに伝えた神伝八頭司流の技量を信じよ」

「それがしの、父上に打たれっぱなしの剣術が藩の剣術を超えておると申されますか」

「信じられぬか」

　清左衛門の反問に周五郎は黙っていた。

「そなた、一、二年前より真の力を隠してわしに応対しておったな。わしが右遣いに直したが、そなたは左も右以上に自在に遣えるように独り稽古をなしておる。そなたの左右両遣いを知らぬふりをしてきたのをそなたも察しておろう。藩道場に行けば、師範からそれを徹底的に叩き直されよう。それでも、藩道場に通いたいか」

「わが力を確かめとうございます」

　周五郎の言葉にしばし沈思した清左衛門が、

「では、藩道場で打たれてこよ。真の力を発揮する要はない。相手から一方的に打たれることでそなたは己の力のほどを知ることになろう」

と言った。そして、

「次男のそなたに周五郎と付けたはわしの幼名ゆえだ」

と初めて名の由来を告げた。

小笠原家の三流儀が競い合う藩道場に初めて上がり、道場の隅に座して七、八十名ほどの家臣たちが稽古をする様子を見た瞬間周五郎は、父の言葉を即座に理解した。周五郎は、三流儀の力が、動きが読めると思った。

戦国の世から二百年以上が過ぎ、大半の流儀は、かたちばかりの剣術に堕していた。一方で、神伝八頭司流のように秘伝として戦国剣法に巧妙な技と速さを加えた、数少ない御家流が厳しい稽古を通じて各家に細々と伝わっていた。

そのとき、今枝流師範の平林忠伴《ひらばやしただとも》が、

「八頭司周五郎、これへ」

と見所《けんじょ》の前に呼んだ。

「はっ」

と応じた周五郎は、竹刀を携えて見所の前に行き、座した。

見所に小笠原家武術の指導者らがいた。

「八頭司家には神伝八頭司流なる秘伝の剣術が伝わっているそうじゃな」

平林が興味津々といった顔で質《ただ》した。御番頭の八頭司清左衛門には直《じか》に尋ねられないことだろう。

「父は一切神伝八頭司流がこうだと口にしたことはございません。四歳の折から父の見よう見まねで木刀や竹刀を振り回してきただけにございます」

「剣術の基《もと》はどうか」

「他流には基がございますか」

と周五郎が反問した。

「剣術には基の形と動きがあり、流儀によってそれは異なる。じゃが基本の素振りに合わせた五体の動きがほぼ決まっている。神伝八頭司流にはさような基はなきか」

「さて、さような形や動きを父から教えてもらった覚えはございません」

周五郎の返答に見所の師範たちが顔を見合わせ、

「われらも八頭司清左衛門様の秘伝の剣術に接したことはない。どうしたものか」

と言い合う中、今枝流の平林師範が、

「そのほう十六歳というたな。それにしては体が大きい。よかろう、小林重三《こばやしじゆうざぶ》郎《ろう》、周五郎と立ち合ってみよ」

とひとりの若い門弟に命じた。

重三郎は周五郎より背丈は二寸ほど低かった。だが胸板は厚く四肢はしっかりとして長年稽古を積んできたことをその体と動きが教えていた。歳は周五郎より三つか四つ上と思えた。手にしていた木刀は径の太く重そうな枇杷材だった。

「師範、木刀での立ち合いですか」

「剣術の基も知らぬ相手に木刀稽古は危ないでな、とくにそなたの木刀はいかん。竹刀にせよ」

と重三郎に命じた平林師範が、

「八頭司周五郎、わが藩では防具をつけて稽古を致すこともある。面をつけてもよいぞ」

「防具とはどのような物でございますか」

「なに、防具も知らぬか。重三郎の面打ちは重いでな、初めて打たれたものは気を失うゆえ、面だけはつけよ」

と命じられた周五郎は古参の門人から面をつけられた。

「八頭司様、面をつければ小林様の面打ちになんとか堪えられましょう」

と下士と思われる古参の門人が小声で親切にも周五郎に伝えた。

「あり難きかな、礼を申す」

と答えた周五郎は初めて面をつけて辺りを見た。なんとも息苦しいものよというのが周五郎の感想だった。そして、ぐるぐると首を回して、道場の中央で待つ小林重三郎のもとへと向かった。

対面した重三郎は素面だった。

「お待たせ申しました。小林どのは面をつけられませぬか」

「それがし、防具をつけての稽古は嫌いでな」

と言い放ち、

「遠慮は無用である。それがし、面打ちを加減するで、いつものように攻めてきなされ」

と言い添えた。

最初から周五郎の神伝八頭司流の力量など無視していた。己が道場稽古を教えるつもりの言動だった。

「お手柔らかにお願い申す」

「ほう、さような言葉を承知か」

「父に、稽古をつけてもらう折には、お相手を敬って稽古を願えと教えられました」

「さすがに御番頭どのかな、倅《せがれ》の身を案じておられる」

と苦笑いした重三郎が竹刀を構え、一拍おいて周五郎も相手の形を真似るように竹刀を構えた。

重三郎が一瞬周五郎の構えに訝し気な表情を見せた。が、直ぐに、

「剣術の基を知らぬ構えかな」

といった顔付きに変わって、

「参られよ」

と周五郎に命じた。

構えは堂々としていた。だが、いくら周五郎の力を軽んじていようと、これでは迅速さに欠けると思われた。

「参らぬか、ならばこちらから参る」

と宣告した重三郎が踏み込み、重いと師範に評された面打ちを放った。

周五郎は相手の動きを見て間合いをそろりと詰め、重三郎の面打ちを受けた。相手の懐《ふところ》に踏み込んだ分、竹刀の鍔元《つばもと》で受けて重い面打ちを避けていた。
重三郎が二の手、三の手を出した。だが、両者の体が絡《から》み合っているため、打撃は弱かった。
（様子が違う）
と思った重三郎が必死で間合いを空けようとしたが、周五郎はゆったりと食らいついていた。
十二分に打たせた周五郎は、
はっ
と声を発し、後ろに飛び下がった。
「おおー」
とばかりに重三郎が気合十分の面打ちを放った。なかなかの面打ちだったが、すでに絡み合っての攻めに疲れていた。ために面打ちの音だけは、
ばしり
と響いたが防具をつけた周五郎は、軽く受け流せた。重三郎は首を振るだけで何事もなく立っている周五郎の様子を見て攻め続けた。

「引け、重三郎」

と平林師範が声をかけ、周五郎が飛び下がって、その場に座した。

「面をつけたとはいえ、重三郎の面打ちを受けてよう耐えたな」

と周五郎を褒めた平林が、

「なぜ反撃せぬ」

「小林様の面打ちに耐えるだけでさように余裕はございませんでした」

「ふーむ、であろうな」

と得心した平林が、

「藩道場にて稽古をなすか」

周五郎は面を外したのち、平林を正視し、

「師範、それがし、父より剣術の基を習うのが先かと思いました」

「神伝八頭司流に剣術の基などあったのか」

と見所のひとりが蔑《さげす》むように言った。

周五郎が独り先に藩道場を退去しようとしたとき、見所にいた老練な家臣のひとりが傍に来て、

「八頭司周五郎どの、藩道場の力を察したようだな」

と独白するように言った。

「どなた様にございますか」

「御家伝《ごかでん》弓術師範漆畑惣左衛門《うるしばたそうざえもん》である。父上とはそこそこに付き合いがある」

との相手の言葉にしばし間を置いた周五郎は、

「道場にて述べた言葉がすべてにございます」

と丁重に応じて一礼すると御長屋に戻った。

その夕刻、父が周五郎を呼んだ。

「いかがであったな」

「小林重三郎どのと申される門弟がそれがしの相手をしてくれました」

と答える周五郎に清左衛門は、頷いただけだった。

「道場を出ようとすると式台にて御家伝弓術の漆畑惣左衛門様から話しかけられました」

と短い問答を語ると、

「漆畑どのな、わが藩にも本物の武術家はおられる」

と応じた。

「周五郎」

と呼ぶ父の声に走馬灯を見るような想いに耽っていた周五郎は、かつての父子だけの道場から視線を外すと奥座敷に向かった。

父の清左衛門は座敷に黙然と座して周五郎が来るのを待っていた。その座敷の奥の仏間に布団が敷かれて兄の裕太郎が寝かされており、枕辺に線香の煙が漂っていた。そして、母の光江《みつえ》が泣きつかれた顔で茫然自失としていた。

「父上、先に兄上にお会いしてようございますか」

周五郎の言葉に清左衛門が頷いた。

裕太郎は、頭に白い布が巻かれて恐怖に歪んだ顔であった。両手を合わせた周五郎は、

(兄者、なにがあった)

と無益な問いをなしてみた。無言の問いに、身罷《みまか》った兄から答えは返ってこなかった。

「母上、ご無念お察し申します」

光江がゆるゆると顔を上げて周五郎を見ると、

「そなたがさような言葉を吐かれるとはな」

と弱々し気な口調で皮肉を吐いた。母にとって長男の裕太郎は、八頭司家の嫡子として、だれにも代えがたい人間だった。

「母上、兄者の傷は頭にございますか」

光江は答えなかった。

周五郎が父を振り向くと白い布を剝《は》いで確かめてよいというように頷いた。その父の頷きを見た光江は骸《むくろ》の傍らから立ち上がり、仏間を出ていった。

白い布を剝ぐと頭には強打に見舞われた痕跡があった。刀傷ではない。木刀での打撃だ。

周五郎の胸に衝撃が走った。

白布を頭に戻し、再び周五郎は合掌した。そして、父が待つ座敷に戻ると、

「昨夜、兄者は重臣派の集いに出ておられましたか」

「どうやらそうらしい。父のわしには一言も曰《いわ》くを話さんでな。重臣派のある人士に聞いたところでは、裕太郎は重臣派の使者として改革派の者と、どこぞで会ったということだ。そのことしかわしが知ることはない」

「改革派に暗殺されたと思われますか」

「その他に思い当たることはない。財布は懐に残っておったでな、物盗りではあ

るまい」

「思い当たる改革派の人士がございますか」

「わしよりそなたのほうがこの一件について承知ではないか」

しばし沈思した周五郎は、

「父上、兄上の骸、どうなされますか」

「そなたを呼んだのは、そのことを相談したいと思うたからだ」

「改革派に撲殺されたことを公にすれば、小笠原家は厄介なことになりましょうな」

「それを案じておる。病死として届けようかと思う」

と言った清左衛門が、

「もはやそなたに頼れぬことは、わしは承知じゃ。そなた、照降町《てりふり》なる町屋で頼りにされておるようだからな」

「申し訳ございません」

と清左衛門の言葉を肯定した周五郎が、

「妹の薫子《かおるこ》に婿をとることは考えられませぬか」

と問うと、父は長いこと沈思して言った。

「そのことも考えんではない。だが、まず藩邸内で裕太郎の死が病死として認められぬことには、なんとも先の始末がつかぬ」

こんどは周五郎が考え込んだ。

「父上、それがしといっしょに直用人《じかようにん》鎮目《しずめ》勘兵衛《かんべえ》様に面会致すことはできませぬか」

「なに、鎮目勘兵衛様じゃと。そなた、鎮目様を承知か」

周五郎はただ頷いた。

「よかろう、これから鎮目様に会えるかどうか掛け合ってみようか」

と清左衛門が立ち上がった。

二

小倉藩当代藩主小笠原忠固《ただかた》の直用人鎮目勘兵衛は藩邸の奥の間近くに寝泊まりしていた。鎮目にとって忠固に仕えることは昼夜を問わずの、

「奉公」

であった。

主君の起居する奥近くまで行き、御番頭八頭司清左衛門が火急の願い事ゆえ鎮目直用人にお会いしたいと幾たびも御近習衆に訴えて、八頭司父子は面会が叶った。

御用部屋でしばし待たされたあと、鎮目直用人が姿を見せ、父子を睨むように見た。周五郎はその表情に鎮目が御番頭の嫡子八頭司裕太郎の、

「死」

を未だ承知していないと推量した。

「八頭司清左衛門、火急の用とはなにか」

鎮目はいきなり面会の用件を質した。

「はっ、それがいささかわが八頭司家の厄介ごとにございまして」

「清左衛門、火急の用件と聞いた以上、さようなことはすでに察しておる」

と言い放った鎮目が周五郎に目を向けた。

過日、照降町で会った折の直用人鎮目とは違い、顔も口調も厳しかった。

「周五郎、そのほうが八頭司家に持ち込んだ厄介ごとか」

「いえ、違います」

と首を横に振り、ゆったりとした口調で応じた周五郎がさらに語を継いだ。

「実兄八頭司裕太郎の急死について、それがしも最前呼び出されたばかりでございます」

「なに、八頭司家の嫡男が急死したというか。病か」

「病ではございません。何者かに撲殺されたと推量されまする」

周五郎は鎮目に会うと決めた瞬間からすべてを話す覚悟であった。

清左衛門はまさか周五郎がいきなり本題に入るとは思わず、驚きの声を漏らし、険しい口調で周五郎の名を呼んだ。だが、鎮目は清左衛門を無視して周五郎に問うた。

「八頭司裕太郎が撲殺されたとな。いつのことだ」

「昨夜遅く四ツ半（午後十一時）の頃合いと思えます。藩邸の裏門にて撲殺されておるのをわが家の下僕が発見しました」

「それがしに、さような報告はない」

「わが家の下僕が亡骸《なきがら》を見つけました折、咄嗟《とっさ》に御長屋に運び込みましたそうな。ゆえに兄を暗殺した一味以外、このことを知る者は藩邸におられますまい」

「なんとのう」

と応じた鎮目が沈思した。

長い間のあと、

「ふーう」

と吐息をした鎮目直用人が、

「当藩の内紛に関わり、殺されたと思うか」

「兄は重臣派の使者として改革派と面談をなしたと推測され、その帰路に暗殺されたと思われます」

鎮目直用人が舌打ちした。

「で、周五郎、そのほうの同行の趣旨はなんだ」

「実兄裕太郎の死、病死にて処置して頂きたく考え、父に同行して直用人様にお願いに伺いました」

直截な言葉に清左衛門は驚愕するばかりだった。なにより、周五郎が鎮目直用人と面識があることを訝しく思っていた。問答の行方次第では八頭司家の断絶を覚悟せねばならぬと思った。

「そのほう、勝手な願いが通ると思うて、藩邸の奥まで罷りこしたか」

「鎮目様、他家と接した大名小路の一角で兄が撲殺されたことが屋敷町一帯に広がれば、八頭司家のみならず小倉藩にとっても厄介ごとになりましょう」

鎮目はふたたび舌打ちした。

「よしんば裕太郎の死が病死として藩内で認められたとせよ、八頭司家はその後、どうする考えじゃ」

周五郎は父の清左衛門を見た。

「鎮目様、その先のことなどいささかも考えておりませぬ」

「ならばなぜ次男の周五郎を伴った」

「そ、それは」

清左衛門は答えに窮した。

「直用人様、それがしが同道した一件については身内ゆえとお考え下さい。まずは一つひとつ解決していく他に方策はございますまい。この兄の死には藩の内紛が絡んでおりますゆえな」

周五郎がはっきりと言い切った。

父の清左衛門は次男の周五郎が鎮目直用人を相手にこれほど大胆な発言をなすことに驚きを隠せないでいた。

「周五郎、そのほうの考えはいかに」

「内々の用件にて二年半ぶりに藩邸の門を潜りましたそれがしに、考えなどあろうはずもございませぬ」

と一応答えた。

「内々のう、二年半も離れたそのほうが、いささか軽はずみな行動ではないか」

「いかにもさようと考えます。されどそれがし、藩邸を出た身とは申せ、八頭司家から勘当されてはおりませぬ。武家方で火急な用件にて父がそれがしを呼び出すには、それなりの曰くがあると考え、参りました。鎮目様、藩の上部に断わりもなく藩邸敷地内の御長屋に立ち入ったことが、軽はずみな行動と申されるならば、それがし、これより藩邸から辞去させて頂きます」

「周五郎、武家には武家の仕来《しきた》りが厳然とあろう。そのほうが部屋住みの身であったとしてもその程度は推測つかぬか」

「鎮目様、それがし、この二年半余り町方に暮らし、しがない職人見習として生計《たつき》を立ててきました。武家の御法度や作法に疎《うと》くなっております。それがしが勝手に八頭司家を訪ねたということでお許し願えませんか」

「ふうっ」

とふたたび鎮目直用人が吐息をした。

清左衛門は、次男の周五郎が直用人の鎮目勘兵衛と対等に問答をなせるのはなぜなのか、どう考えても思いつかなかった。周五郎が部屋住みとして藩邸にあったころ、ふたりの間に付き合いがあったとはとうてい思えなかった。

「周五郎、そのほう、父の清左衛門に命じられて、それがしとの面談に同道したか」

いいえ、と答えた周五郎は、

「それがしが父に鎮目様との面会を願いました。この方策しか兄の裕太郎の病死を認めて頂くことは叶わぬと思いましてな」

「藩邸には江戸家老がおる」

「それがし、江戸家老どのにお目にかかったことはございません」

「で、それがしに的を絞りおったか」

小笠原家江戸藩邸において家臣団の最高位は中老から選ばれた江戸家老だ。江戸家老の下に数人の中老職がおり、周五郎がかつて婿入りしようとした青柳《あおやぎ》家もその一つだ。

藩主忠固直属の直用人は、江戸家老の一段下と認知されていた。中老の下には江戸留守居役がおり、職階では八頭司家と同じ番頭と呼ばれていた。ただし同じ番頭でも江戸留守居役は文官、ただ今でいうならば外交官の実務トップだ。番頭は武官であり、藩主の近習として警護をなす役職だ。

鎮目の反問に周五郎が頷いた。

「よかろう」

と鎮目が八頭司親子にいい、

「しばし待て」

と言い残して出ていった。

「周五郎、そなた、鎮目直用人と知り合いか」

「いささか縁がありまして」

「藩邸の御小姓組にいた時節か」

「いえ、大火事のあと、鎮目直用人がそれがしに会いに照降町に参られました」

「なに、鎮目様が浪々の身のそなたに会いにじゃと。どのような用件か」

「父上とてお答えできませぬ」

「父のわしにも言えぬことじゃと」

と清左衛門が怒りよりも寂しげな表情を見せた。

「ご安心くだされ。それがし、藩の内紛に絡んで重臣派の誘いにも改革派の誘いにも乗るではないとの父上の書状の忠言を守り、鎮目直用人にも応対致しましたでな」

「なに、直用人は内紛に関わっておられるか」

「父上、殿直属の直用人が内紛に絡《くみ》んでは、もはや小笠原家は終わりです。直用人はそれがしにどちらにも与するなと忠言に参られたと思《おぼ》しめせ」

「おお、そうか」

と安堵した清左衛門が、

「当然、どちらの派にも与しておらぬな」

「父上、ただ今の周五郎は照降町の鼻緒職人、それも半人前の見習にございますぞ」

「そうであったな」

とどことなく安堵した清左衛門が、

「うむ、元小笠原家の番頭の部屋住みの身のそなたは、ただ今は鼻緒屋の見習職人であったわ。さような者のもとへ、忠固様直属の直用人鎮目様が足を運ばれた。いや、待て。直用人は供を連れておったか」

「いえ、おひとりでございましたな。ゆえに常盤《ときわ》橋《ばし》を渡った所までお見送りいたしました」

「それはよき考えであった」

と反射的に応じた清左衛門が考え込んだ。

「どうなされました」

「われらが直用人に会うた用件はどうなるな」

「兄者が亡くなられた一件ですか」

「いかにもさよう、その他に用事などないわ」

「父上、兄者は病死なされました」

「真《まこと》は何者かに殴り殺されたのだ」

「兄者は刀の鯉口《こいぐち》を切っておられましたか」

「いや、裕太郎との約束の刻限に裏門に待機していた兼三らが確かめたところ、鯉口どころか刀の柄《つか》にも手はかけておらなんだという。そのほうと異なり、裕太郎は剣術には疎いでな、ただ今の武士は大半が裕太郎のような者ばかりであろう」

と清左衛門が言った時、廊下に密やかな足音がして奥向き小姓が姿を見せた。

「八頭司清左衛門様、周五郎様ですね」

と念押しして、

「こちらへ」

と案内に立った。

小倉藩江戸藩邸の奥向き、藩主と一族の住まいは中老でさえ、滅多に通される場所ではない。小姓に従いながら清左衛門は、

「まさか」

と漏らし、半歩後ろから従う周五郎に、

「周五郎、まさかの場合、決して直に返答などしてはならぬ」

と小声で注意した。

「心得ております」

「そのほう、こちらがどこであるか承知か」

「殿のお住まいかと存じます」

「来たことがある口ぶりじゃのう」

「幼き折、迷い込んだことがございます」

「な、なんと」

と清左衛門が思わず声を高め、小姓が、

「お静かに願います」

と注意した。

「はっ」

と清左衛門が畏《かしこ》まった。

離れ屋に小笠原忠固と鎮目勘兵衛がふたりの到来を待っていた。

廊下で座した八頭司清左衛門は平伏したままだ。

周五郎も見倣《みなら》うしかない。

「八頭司清左衛門、周五郎、座敷に入り、近う寄れ」

忠固が命じたが清左衛門は平伏の構えを崩そうとはしなかった。

「清左衛門どの、殿のお言葉である、座敷に入りなされ。それでは話もできまい」

と鎮目直用人が促した。

が、清左衛門は廊下で平伏したまま、動こうとしなかった。

「周五郎、頭を上げよ」

忠固が息子の名を呼んでさらに命じた。

「はっ」

と応じた周五郎が顔を上げ、忠固を見た。

「久しぶりじゃのう、周五郎」

「それがしが長崎聞役《ながさききききやく》を命じられ、小倉城下を経て長崎に出向いた折以来かと存じます」

譜代大名豊前小倉藩小笠原家は江戸定府ながら、

「九州探題《きゆうしゆうたんだい》」

と目されていた。

同時に小笠原家六代忠固は文化八年（一八一一）に始まる文化の変とか白黒騒動とか呼ばれる藩内紛の責めを負い、公儀から軽んじられていた。

「いかにもさよう、何年になるか」

「四年と十月《とつき》かと思います」

「そうか五年近くの歳月が流れたか。あの折、そのほうも若かった」

「殿、歳月はどのような身分のお方であれ、等しく歳をとらせます」

「予も歳を経たか」

「はっ、殿は格別に苦難の歳月を重ねておられます」

「言いおるわ」

と苦笑いする忠固と周五郎の問答を清左衛門は驚愕の想いで聞いていた。

清左衛門は、次男の周五郎が藩主と懐かし気に話し合う間柄などと努々《ゆめゆめ》考えもしなかった。

「周五郎、父を伴い、予の近くに参れ」

とさらに忠固が命じた。

「父上、殿の再三の御命に背かれる心算《つもり》でございますか」

周五郎の言葉に恐る恐る顔を上げ、次男をまず見た。

「そのほう、殿にお目通りしたことがあったか。それがし、存じなかった」

「父上、ただ今さような問いを発する余裕などございませぬ。八頭司家の浮沈が殿のお言葉ひとつにかかっておりまする」

清左衛門に言った周五郎は自ら座敷に膝行《しっこう》し、清左衛門も従った。

「予の一言に八頭司家の浮沈がかかっておるとはどういう意か、周五郎」

忠固はそのことを承知で周五郎に質した。

「父上、説明なされませ」

周五郎に促されて清左衛門が顔を少しばかり上げて、

「わが嫡男裕太郎がことにございます」

「裕太郎がどうした」

「はっ」

と応じた清左衛門は返答を迷った。すると忠固が、

「そのほう承知か」

と周五郎に質した。

「承知しておりまする」

「清左衛門に代わり説明致せ」

「はっ、兄裕太郎は昨夜病死致しました」

と周五郎が明言した。

「八頭司家の嫡子が病死のう」

と応じた忠固が、

「勘兵衛、そのほうの報告といささか異なるな」

と忠臣に質し、

「それがしも初めて聞きましてございます」

と老練な鎮目勘兵衛も答えた。

「周五郎、勘兵衛の報告が正しいか、そちの申すことが真実か、どうじゃな」

と忠固が言い放った。

忠固は譜代大名小笠原家の六代目として藩内さえまとめきれぬ凡庸な者と、江戸城中では評されていた。

だが、周五郎は小倉城において長崎聞役を命じられた折の問答で忠固が己を律する考えを持ち、家臣の情を心得た人物と承知していた。しかしながら、この気性が小倉藩の内紛を招き、未だ続いている理由の一端でもあった。藩主が持たねばならぬ厳しさ、非情さに欠けていた。

「殿、忌憚《きたん》のう申し上げてようございますか」

「許す。予は事実が知りたい」

「直用人鎮目様のご報告もそれがしの申したことも正しゅうございます。異なっておりますのは立場の違いゆえにございます」

「事実は二つあると申すか」

「はい。立場により考えを異にすることは間々ございます。そのご判断は殿、小笠原忠固様ご一人《いちにん》がなされることかと存じます」

忠固が沈黙した。

いや、この場のだれもが無言を続けるしかなかった。

「八頭司清左衛門、そのほう、どう嫡男の死を受け止めたな」

忠固の問いが周五郎から清左衛門に向けられた。

「はっ、そ、それは」

と清左衛門は狼狽し、返答が叶わなかった。

「清左衛門、そのほう、神伝八頭司流なる秘伝の剣術の会得者と聞いておる。予の問いは秘伝の剣術の会得者にしても難しいか」

「は、はい」

「そのほうが会得した神伝八頭司流の技を継承した者がおるや否や」

忠固が話柄《わへい》を転じた。

「それがしは秘伝の剣術などとご大層な技も力も有しておりませぬ。ただし、わが技を伝授したのはこの場におる周五郎のみにございます」

しばし無言で応じた忠固が、

「相分った。鎮目勘兵衛、八頭司清左衛門、この場を外せ。予は周五郎一人《いちにん》と話があるでな」

と明言し、清左衛門の顔に新たな不安が生じた。

「清左衛門どの、殿の命である」

と最初からこうなることを承知していた風の鎮目勘兵衛が清左衛門を伴い、離れ座敷から姿を消した。

三

「周五郎、そのほう、町人の間では絶大な人気じゃそうな」

とふたりだけになった瞬間、忠固がいきなり言った。

「殿、なんのことでございましょうか」

不意打ちを食らったかのように周五郎が尋ね返した。

「なんのことかじゃと。魚河岸の傍ら照降町の御神木の梅の老木を、かの猛炎から守りぬいたのであろうが。読売なんぞにそのほうらの決死の行いが載っておるそうではないか。城中の詰めの間でもその話が出てな、その者、わが家臣の血筋にあたると思わず口にするところであったわ」

「殿、読売などお読みになりますか」

まさかと思い、問い直した。

「予は未だ読売を購《あがの》うたことはない。じゃがな、勘兵衛が、『町方の情勢を知るには読売が手っ取り早い』というてな、予にしばしば巷《ちまた》の噂話を聞かせおるでな。今宵に照降町で、ただ今全盛の遊女梅花《ばいか》が花魁《おいらん》道中をしたことも承知じゃぞ」

「驚きいった次第にございます」

周五郎は言葉を失うほど驚いた。

「武家方が世相に暗くてよいという時世は過ぎたわ。まして、先の己丑《きちゆう》の大火で江戸の中心部が焼失しておる。当然、町方の住人たちがどのような暮らしを立てておるか、承知しておくことは武家方にとっても大事であろう。とは申せ、予はご公儀からなんの役職にも任じられてはおらぬがのう」

と自嘲した。とはいうものの小倉藩が西国の外様大名に目を光らせている「九州探題」の役目を負っていることを周五郎はとくと承知していた。

「まさか殿が花魁道中のことをご存じとは夢想もしませんでした」

「周五郎、照降町界隈でそのほうはなにをなしておる」

「方便《たずき》にございますか。それは履物の鼻緒を挿《す》げる職人をしておりまする」

周五郎は小倉藩藩主から暮らしまで問いただされようとは思わず顔を伏せた。

「その鼻緒屋の主人は若こうて見眼《みめ》麗しい女であるそうな」

「殿」

もはや周五郎は答える言葉を知らなかった。

しばし瞑目した周五郎は気持ちを鎮めて、

「殿、かような話と兄裕太郎の病死と関わりがございましょうか」

と話柄を変えようと試みた。

「あるぞ、周五郎。そのほうが裕太郎の死を藩の内紛に端を発した暗殺ではのうて病死として予に認めさせようと為すかぎり、関わりがないとはいえまい」

周五郎は沈思した。

忠固は裕太郎の死因をどこまで承知なのか、周五郎は迷っていた。

「殿は兄の死を暗殺と承知しておられますか」

「周五郎、予にも直属の密偵ごとき者はおる。そのほうの兄が屋敷の裏門付近にて撲殺されたことは報告を受けておる。裕太郎が重臣派の使者として改革派と密かに会った直後に暗殺されたことも摑んでおる」

忠固は、すべてを承知で周五郎と談義をしようとしていた。

「兄の裕太郎は、弟のそれがしが申すのもいかがと思われますが、文化の変以来の積年の藩内対立の一方に与したことで、このところ上気しておりました。対立派との談判でどのような話がなされたか、知りようもございませんが、兄が高みからものをいい対立派を激怒させたことは十分に考えられます」

文化の変は、ただ今の藩を二分しての騒ぎに継承されていた。

周五郎の推量に忠固はただ頷いただけだった。

「殿、兄が暗殺されたと申されるならば、当然下手人も推量されておりましょうな」

周五郎の問いにしばし間をおいて、

「そのほうが胸に抱いておる人物が手を下したのであろう」

と言った。

「ほう、それがしの胸のなかまで殿は察しておられまするか」

「予は、清左衛門がそなたにこの一件を相談すると思うておった。そなたが町方に出たきっかけは中老青柳家への婿入りが破談になったためであったな。そなた、青柳が与する重臣派に取り込まれることを避けて婿入りを断わり、藩邸を出た、そうであろう。その折、藩主たる予に一言の断わりがあったか」

「殿、それがし、勤番の条件である婿入りが破談になった以上、小倉藩に身分なき部屋住みでございました。なんじょうあって、殿にお目にかかり、さような話をなして、お断わりなどできましょうや。それがし、父にも母にも無断にて屋敷を出ております」

　そのことも承知という風に忠固が頷き、言い放った。

「周五郎、胸のうちの下手人をそなたなれば討ち果たすことはできよう」

「そのお話、お忘れくだされ。ともあれ兄の死、小倉藩にとって世間に知れてよきことではございますまい。文化の変以来、藩内の愚かなる内紛が未だ繰り返され、その証に御城近くの屋敷裏門付近にて、藩士が対立派に殺されたとなると、当然公儀大目付が動きましょう。その折は豊前小倉藩十五万石の御家断絶、そして」

「予の切腹もありうる」

　と忠固は淡々と述べた。

「殿、兄の裕太郎の死、病死として認めて頂ければ、八頭司家では極秘に弔《とむら》いを行います。差し当たって藩の内紛は公にはなりますまい」

「認めるにはそれなりの代償を周五郎、払ってくれねばならぬぞ」

「殿、八頭司家御長屋に兄の骸がございます。まずは病死として内々に弔うことが先かと思われます」

「よかろう、そのこと、認めよう」

忠固が意外にあっさりと応じた。忠固が病死として認めるということは、兄の八頭司裕太郎を撲殺した下手人へ藩目付の手が延びぬことを意味した。

母の怒る姿が眼に浮かんだ。

だが、今や八頭司家の都合のみで兄の死の始末をつけるわけにはいかなかった。

周五郎は、小倉藩江戸藩邸定府の八頭司家の墓所が湯島切通《ゆしまきりとおし》の根生院《こんしょういん》であることを思い浮かべ、あの辺りは先の大火事で焼失していない、ならば今晩じゅうに始末をつけようと手配を考えていた。

「周五郎、そなたの望みはこの忠固、聞き届けた」

と忠固が確かめるように繰り返し、

「あり難き幸せにございます」

「これからはそなたが予の話を聞く番である」

と周五郎の顔を正視した。

長い話し合いが深夜九ツ（午前零時）近くまで続いた。

清左衛門と周五郎は、八頭司家の御長屋に戻ると裕太郎の亡骸を布団に包み込み始めた。

母親の光江が、

「なにをなされます」

とふたりに抗議した。

「殿より裕太郎病死のお許しを得た。夜が明けぬうちに湯島切通の根生院に運び、あちらで弔いをなして埋葬致すのだ」

と清左衛門が答えた。

「病死した裕太郎の弔いをわが家でなし、通夜や弔いの客人を迎えたのち、亡骸を菩提寺に運べば宜しいではございませぬか」

清左衛門は光江のきつい問いに答えられなかった。

「母上、兄上の死はしばらく藩邸内で極秘にせねばなりませぬ。われらもかようなことは致したくはございません。ですが、ただ今の小倉藩江戸藩邸ではかようにことを運ぶしか策はないのです」

と周五郎が父に代わって母に説明した。

「周五郎、そなた、この八頭司家を継ぐ心算か」

と光江が睨んだ。

「いえ、さようなことを考えてはおりませぬ。ただ今八頭司家がなすべきことは兄上の内々の弔いにございます。八頭司家は当座父上が御番頭をお勤めでございましょう。跡継ぎのことは兄上の死が藩内に公に知られた折に、父上と母上がお考えになればよきことです」

と周五郎は言った。そして、

「母上、無情な行いと承知ですが、兄上の亡骸を根生院に運ぶことを即刻なさねばなりませぬ」

「おまえ様、このこと殿様がお命じになったのですね」

と光江が清左衛門を詰問した。

忠固と周五郎の話の場にいなかった清左衛門だが、いかにもさようという表情で頷いた。

「光江、この手立てが八頭司家の存続する唯一の途じゃ。裕太郎が重臣派の一員として改革派に暗殺されたなどということが藩内に広まれば、藩の内紛はいよいよ激し、藩邸外にこのことが知られるようになる。さようなことになれば小倉藩小笠原家は断絶も考えられるのだぞ。この際、我慢してくれぬか」

清左衛門が懇々と光江を説得した。

「嫡男の弔いもまともに催せないとは、なんたることでございましょう。私も根生院に同行します」

「母上、ここはそれがしと中間らにお任せくだされ。時がございません。父上も母上も菩提寺に行かれるのは、得策ではございますまい。仏間にてわれらの行動がうまくいくことを願ってくだされ」

と周五郎がいうところに、老中間の兼三が、

「周五郎様、藩邸裏門に大八車を回してございます」

と知らせてきた。

「周五郎、頼む」

「畏まりました」

と応じる周五郎に清左衛門が、

「周五郎、根生院の仮葬が終わったら、藩邸に戻ってくるであろうな」

と質し、

「父上、一度は必ずこちらに戻り、兄者の弔いの模様、報告致します」

と周五郎が応じた。

裏門へ兄の裕太郎の骸を運び、大八車に積んだ。

その折、裕太郎はこの辺りで撲殺されて見つかったのかと、常夜灯の灯りにうすく浮かぶ路上を見た。

「周五郎様、裕太郎様の亡骸はその辺りに仰向けにて斃《たお》れておられました。見つけたのは約定にて裕太郎様を迎えに出た私と若い中間のふたりだけです」

その模様をどこぞから密やかに見ていた者がいた、と周五郎は確信していた。忠固の密偵と改革派の面々と思われた。

「周五郎様、急ぎませぬと夜が明けます」

という兼三の言葉に、道三堀に用意させていた藩の所蔵船まで大八車に載せた裕太郎の骸を運び、車ごと移した。

その場まで従った清左衛門が周五郎に、

「この金子《きんす》で始末をつけてくれぬか。根生院の住職には後日それがしが挨拶に参ると伝えてくれ」

と十両の包みを握らせた。

「お預かりします」

かような手配はすべて兼三が周五郎に会いにきて、裕太郎の死を告げたときから、周五郎が思案して老練な中間に命じていたものだ。

秋の夜明けと競い合うように日本橋川、大川を経て神田川へと入り、昌平橋の船着場から大八車ごと陸に上げ、神田明神下の町屋をぬけて根生院に運び込んだ。

このような荒業は、大火事のあと未だ修復がなっていない江戸でなければできないことだった。

周五郎らが兄の裕太郎の弔いを済ませて道三橋北の小倉藩江戸藩邸に戻ってきたのは昼過ぎ八ツ半（午後三時）のことだった。

周五郎が奥座敷に入り、清左衛門に弔いの模様を報告した。

「ご苦労であった」

と父が短い言葉で労《ねぎら》った。

「和尚はわが家のことをなんぞ承知のようで、それがしの話も聞かずに弔いをなしてくれました」

周五郎は弔いの費《つい》えは五両で済んだと、清左衛門に告げた。

「なに、弔いを値切ったか」

「いえ、値切るなど致しませぬ。わが家が出せる金子はこれだけだと申して五両差し出しただけです」

と応じた周五郎は、お返ししますと五両を父に差し出した。

「とっておけ、そなたの才覚で五両にて済んだのじゃからな」

「照降町で暮らしていくには金子は要りませぬ」

周五郎は父の前に五両を置いた。

「相分った」

とあっさり受け取った清左衛門が、

「昨夜、そのほう、殿とどのような話をなしたか。ふたりだけで半刻以上話しておったな」

「父上、しばらくこの一件は殿とそれがしだけの秘密として頂けませぬか、殿の命にございます」

「わが八頭司家に関わりがあることか」

「それについても申し上げられません」

清左衛門はしばし周五郎を凝視していたが、致し方ないか、という表情で首を振った。

「父のほうからそなたに質したきことがある」

「殿との一件以外はなんなりと」

「そのほう、八頭司家に戻ってくる心算はありやなしや」

清左衛門が単刀直入に聞いた。

「昨日、申し上げませんでしたか。それがし、照降町が復興するまで世話になった町方の助勢がしとうございます」

「八頭司家はどうなる」

「今日明日にも兄上裕太郎の病死が殿の口から家臣団に告げられましょう。父上はただ今のお役目を粛々とお勤めになっておればよきことにございます」

「殿がそう申されたか」

周五郎はしばし沈黙していたが頷いた。

「そうか、殿はさようお考えか」

「父上、妹に婿をとる算段をお考えにはなりませぬか」

「薫子は未だ幼い。そのことを考えるにはしばらく歳月が必要であろう。わしは、そなたが八頭司家に戻るならば、それがなによりかと考えておる」

「父上、その問いにはすでにお答え申しました。殿からお許しを得たとしても家臣の方々の多くはそれがしがこの屋敷に戻ることを快く許すとも思えませぬ」

「そなたが重臣派にも改革派にも与することを拒んだからか」

「それもございます」

周五郎の言葉に、

「そのほう、裕太郎を暗殺した人物を討つ気でおるか」

と清左衛門が聞いた。

「父上、それがしがさようなことをなせば、一派を怒らせ、もう一派を喜ばすことになりましょうな。もはやかようなことを申しても仕方ありませぬが、それがしが忠義を尽くす人物は小笠原忠固様だけにございました」

周五郎は兄の死はすでに過ぎし出来事だと父に告げたが、

「武士の習わしに従うことも、殿への忠義に生きることもないか」

と清左衛門は念を押した。

「父上、繰り返しになりますが、それがしがただ今為さねばならぬことは照降町の復興にございます。小倉藩の内紛に加担する余裕などございませぬ」

周五郎の言葉を聞いた清左衛門が、ふうっ、と大きな吐息をもらした。

「老骨に鞭打ち、殿にお仕えするか」

「はい、それがただ今の八頭司家にとって大事なことかと存じます」

「相分った」

周五郎が、荒布橋《あらめばし》の袂《たもと》の御神木に拝礼をして、一昼夜留守にした照降町の鼻緒屋の裏口の戸を叩いたのは、五ツ（午後八時）過ぎの頃合いであった。

「どなた」

と佳乃《よしの》の声がした。

「八頭司周五郎でござる」

えっ、と驚きの声を発した佳乃が裏口の戸を開いた。

「周五郎さん」

「相すまぬ。無断にて仕事を休み申した」

驚きの顔で周五郎を見つめていた佳乃が突然ひしと周五郎を抱いた。そんな佳乃の姿を飼い猫のうめとヨシが見ていた。

周五郎の兄が死んだことをやはり幸次郎《こうじろう》から聞いて承知していたのだ。だから周五郎はもはや照降町には戻るまいと考えていた。その考えが大胆な行動をとらせた。ヨシがみゃうみゃうと鳴いた。

「兄上様が身罷られたと聞いたけど、違ったの」

「兄者の弔いを密やかに済ませてきた」

佳乃が抱きしめていた両腕を離すと、

「さあ、入って」

と招じ入れようとした。

「佳乃どの、それがし、体が臭う。今晩は宮田《みやた》屋の土蔵に寝て、明日、どこぞで朝湯を浴びて戻ってこよう」

「そんなことどうでもいいわ。ああ、そうだ、湯を沸かすわ。井戸端で体の汗を流して。着替えも仕度する」

佳乃が言って手を引っ張り土間に入れた。

「そうか、井戸端な。ならば、湯を沸かす要はない。水を浴びれば幾分さっぱりしよう、さすれば、わが部屋に寝られるからな」

「そうして。おっ母さん、釜に湯を沸かして」

とそれでも佳乃が八重《やえ》に叫んで、周五郎は井戸端に行き、褌《ふんどし》ひとつになっていささか冷たい水を被った。水が周五郎の気持ちを引き締めた。さらに八重が沸かしたぬるま湯で体を拭った。

さっぱりとした周五郎が居間に行くと、なんと夕餉《ゆうげ》の仕度もできていた。

「佳乃どの、過日兄者が訪ねてきたときの言動を思えば、かような危難が降りかかると漠と考えんではなかった」

周五郎の言葉の意味をしばし沈思していた佳乃が頷き、問うた。

「お母上はどうなさっておられます」

「母は未だ兄者の死を認めようとはなさっておられぬ」

と前置きして昨夜からの出来事を藩政の話は別にして佳乃と八重に語り聞かせた。むろん兄が暗殺されたとは一言も言わなかった。佳乃もまたなぜ周五郎の兄が突然身罷ったか、この場では詳しい経緯を聞けなかった。

周五郎の報告が終わったとき、母子は沈黙したままだった。だが、佳乃が、

「周五郎さんがなにはともあれ照降町に、うちに戻ってくれたことに感謝しなきゃあね」

と明るい口調で言い切った。

四

夕餉を食した周五郎は店の上の中二階の部屋に上がり、敷かれてあった夜具の上に横になった。すると疲れがどっと出て眠りに就いた。

どれほど眠ったか、傍らにひと肌を感じた。

うむ
と思いながら腕を差し伸べた周五郎は柔らかな肌を浴衣の上から感じた。

いつの間に灯されたか、有明行灯《あんどん》の光が周五郎の傍らに侍る女が誰かを告げていた。

（まさか）

と思った。

「一夜の夢を見させてください」

佳乃が密やかに願った。

「周五郎さんがいつの日か照降町を出ていくのは覚悟しているの。だから、今宵一夜だけわたしを抱いて寝て」

佳乃の体から香の匂いが漂い、周五郎の手をとった佳乃が浴衣の上から乳房に触れさせた。

「よいのか、佳乃どの」

「出戻り女は抱きたくない」

「さようなことは指先ほども考えたことはない。佳乃どのはそれがしには勿体なき女子でござる。焼失した家の仕事場で出会った折から、美しい女《ひと》と想うておった」

周五郎の正直な気持ちだった。同時に生涯をともにする相手ではないことをふたりとも承知していた。

「もういい、なにも言わないで」

佳乃の手が周五郎の手を浴衣の下に誘った。

「照降町に戻ってきてくれてよかったわ。あの火事の折も周五郎さんがわたしを守ってくれたからいまがあるの。わたしが好き」

「ああ、むろんのことじゃ」

周五郎の眼のまえに佳乃の白い胸があった。周五郎はそっと乳房に唇を寄せた。

「佳乃どの、後悔はいたさぬな」

「一夜の夢よ、悔いることなんてない」

「ああ、これは夢じゃな」

「そう、夢よ。夢は朝《あした》には忘れるものよ」

周五郎は香《かぐわ》しい佳乃の体をひしと抱いた。

ふたりは狂ったように一夜の夢を堪能した。

官能の刻に浸ったのち、周五郎は佳乃の体を抱いて眠った。

翌朝、目覚めたとき、佳乃は傍らにいなかった。

ただ残り香が、

（一夜の夢）

が真であったことを周五郎に告げていた。

仕事着に着換えた周五郎が刀を手に梯子段《はしごだん》を下りると、台所のほうから八重と佳乃の話す声が聞こえていた。

店の通用戸を開けて宮田屋の普請場に行った。

宮田屋の大きなお店と住まいの木組みはほぼ出来ていた。

宮田屋の土蔵の一つ、一番蔵の前でしばし瞑目して気持ちを鎮めた周五郎は左腰に差した同田貫上野介《どうだぬきこうずけのすけ》の鯉口を切り、抜き打つ動作を繰り返した。体が温まると周五郎の動きは、迅速になり、抜き打つ動作と、そのあと、一拍の残心ののち、納刀が滑らかに定まった。

動きは律動的で淀みがなかった。そして、緩急が感じられた。

ふと人の気配を感じて周五郎は動きを止めた。

土蔵の扉が開き、大塚南峰《おおつかなんぽう》が茫然として周五郎が振るう同田貫の動きを見つめていた。

「おお、起こしてしまったかな」

「起こしてしまったかではないわ。八頭司家に不幸があったと聞いたが、真のことか」

と南峰が質した。やはり話は広まっていた。

周五郎は曖昧に頷くしかなかった。

「弔いはどうなった。そなた、照降町に戻ってくるような状況か」

「それがしの働き場所はこちらでござる」

「そなたの行く末に変わりはなしか」

南峰が矢継ぎ早に問うた。

「それがし、八頭司家から二年半も前に出た人間でござれば、戻るということが容易に叶うわけもなし、先生もご存じのように江戸藩邸内では二派に分かれての内紛が続いております。となれば、どちらの派からも石が飛んできましょうな」

「八頭司家は潰れぬか」

「父上が未だ奉公しております。ともかくそれがしの生きる場所はこのシマ、照降町にございます」

「いささか早計に考え違いをなしたか」

と首を捻った南峰に、

「稽古を始めましょうか」

と周五郎が誘いをかけ、手代の四之助《しのすけ》と見習医師の三浦彦太郎《みうらひこたろう》も加わって四人がいつものように素振りから稽古を始めた。

宮田屋の普請場に職人たちが姿を見せたとき、稽古は終わった。すると、

「朝餉の仕度ができたよ」

と宮田屋の女衆が声をかけ、

「おぬしは鼻緒屋に朝餉の膳があるのではないか」

と南峰が問うた。

「昨夜、夕餉をあちらで食しました。今朝は、久しぶりにこちらで朝餉を頂戴しましょう」

大鍋に魚や貝や野菜を入れた具だくさんの汁に丼めしに香のものの朝餉を、周五郎は宮田屋の普請場でとることにした。

「八頭司さん、昨日の船商いの客を見せたかったな」

と手代の四之助が言った。

「ほう、なんぞあったかな」

「なんぞあったかじゃありませんよ。一昨日、梅花花魁がこの照降町で花魁道中をしてくれたじゃありませんか」

「おお、さようなことがあったな」

「昨日、どこの読売も梅花花魁の船乗込みを派手に書きましたから、昨日の昼からは大変な騒ぎで鼻緒屋の佳乃さんもてんてこまいでしたよ」

　四之助が興奮気味の口調であれこれと話してくれた。

「なんと、鼻緒屋にも客が来たか」

「来たかどころではありません。長い女衆の行列が出来て、佳乃さんはまるで梅花花魁のように人気者でした。今日もまた大勢の客が詰め掛けますよ」

「それは大変だ。それがし、一刻も早く店に戻り、鼻緒の挿げの仕度をせねばなるまい」

　と周五郎は急いで朝餉を食し始めた。

「八頭司さん、そなたも鼻緒屋も多忙じゃな」

「南峰先生、まずは照降町の復興がそれがしの仕事にござる」

「最前もそんな言葉を聞いたが、さあてな、どうなるかのう。佳乃さんは、もはやそなたが照降町に戻ってくることはあるまいと思うておったようじゃ」

「昨夜、戻ったとき、驚かせてしまいました」

「喜んだか」

「さあて、どうでしょう。ともかく気持ちを引き締めて仕事に戻ります」

と周五郎が自らに言い聞かせた。

宮田屋の普請場に職人衆が響かせる音をあとに、周五郎は鼻緒屋に戻った。すると店の門口の左右に塩が盛られ、棚にはどこから手に入れたか素朴な壺に竜胆《りんどう》と一位の紅色の実のついた枝が生けられてあった。旧居では見なかった店前の飾りだった。

「朝餉はあちらで食べたのね」

「馳走になった。それより」

と周五郎は間をおいた。

「それよりどうしたの」

「昨日、大変な数の客が訪れたそうではないか。四之助どのから聞かされたが、それがし、すっかりと花魁道中のことを忘れておった」

「致し方ないわ、事情が事情ですもの。ともかく梅花花魁の名は偉大ね」

御免色里の花魁はただの遊女ではない。江戸の女衆に着物や化粧や髪型、櫛《くし》笄簪《こうがいかんざし》にいたるまで影響を与えるすべての流行の先導者であった。

「いや、過日のことは梅花花魁と佳乃どののふたりの力が合わさったればこそ、江戸の女衆に驚きを与えたのであろう」

と言った周五郎は、

「こちらには女衆の客が多いな。それがし、船商いのほうで紙緒を挿げていようか」

「わたしひとりに応対させるつもり、周五郎さんもこちらで手伝いなさい」

「それがし、紙緒くらいしか挿げられぬぞ」

「佳乃を主と思うならば、手伝いをなさい」

「むろん、それがしには主はひとりしかおらぬゆえな」

と応じながら小笠原忠固との問答を一瞬思い出した。

「昨日は見習番頭の菊三さんと四之助さんが手伝ってくれたけど、あのふたりでは女衆に太刀打ちできないわね」

「となれば、それがしができるとは思えぬな」

「それは八頭司周五郎さんが己を知らないだけよ。わたしが鼻緒をお客様の御足《おみあし》に合わせて挿げている間、他のお客様の話相手をしてくださいな」

「佳乃どの、買い被りじゃぞ」

というところに宮田屋の大番頭松蔵《まつぞう》が姿を見せた。

「八頭司さん、戻ってこられたか。屋敷に戻られたと聞いてな、私どもはもはや八頭司さんの力はお借りできないと思うておりましたぞ」

「迷惑をおかけ申しました。詳しい話は、店が終わった後に聞いて頂きます」

というところに最初の女客がきた。内藤新宿から駕籠で乗り付けたといい、旅籠の女将《おかみ》と自ら名乗った。

「遠いところからおいで頂き、恐縮にございます。履物は草履でしょうか、下駄にしましょうか」

「下りものの草履と下駄を一足ずつね。鼻緒は梅花花魁の三枚歯と同じものはない」

「あの三枚歯の鼻緒は花魁のために誂《あつら》えたものでした。それに似たものではいけませんか」

と佳乃が後ろの棚に飾られた鼻緒を指して、

「周五郎さん、お願い、左にある革緒をいくつかとって」

と願い、

「こちらでござろうか」

と周五郎が年増の客に合わせた鼻緒を三つほど佳乃に渡した。

「それって渋くない」

「いえ、草履にこの革緒ならば粋にございます。その代わり下駄には華やかな本天の鼻緒を挿げさせてもらいます」

と佳乃が如才なく応じた。

四之助が客人から金子を受け取る掛《かかり》を務め、周五郎は佳乃が鼻緒を挿げやすいように下拵《したごしら》えをした。

そんな千客万来のさまを見ながら、

「佳乃さんや、私は普請場におりますでな」

と言い残してそっと松蔵が鼻緒屋から宮田屋の普請場に向かった。

昼餉も食せないほどの多忙が七ツ（午後四時）近くまで続いた。

秋の陽射しが傾いた頃、ようやく佳乃と周五郎と四之助は、ひと息ついた。

「四之助どのから話は聞いていたが、かように長い行列が出来るとは想像もしなかった。いやはやこの賑わい、いつまで続くのであろうか」

「江戸は広いわ。それに在所から火事見舞いにきたお方が混じっておられたわね。なんぞ次の騒ぎがあるまで続くといいけれど、それは無理ね」

と佳乃がいうところに宮田屋の主の源左衛門《げんざえもん》と松蔵が顔を見せた。

「ご苦労さんでしたな」

と源左衛門が佳乃を労い、

「八頭司様、ご愁傷さまでしたな。まさか兄上様が身罷られるとは、まだお若うございましょう」

「それがしよりひとまわり以上年上です。三十八歳でした」

「死因はなんですね」

「心臓《しんのぞう》が原因の病死と医者から聞かされたそうにございます」

「心臓の病な。寒くなる冬場には年寄りなんぞが厠《かわや》で斃れることがございますがな、三十代ではまだまだこれからでしたな」

と松蔵が言った。

むろん病がもとでの死ではない。表沙汰にできる話ではないため、佳乃にも昨夜差し障りない程度に説明していた。

「弔いはいつですな」

と源左衛門が周五郎に尋ねた。

「それが内々のうちに昨日済ませました。と申すのもあまり表沙汰にはできませんが、藩で内紛が生じており、わが屋敷でも大勢の人をお迎えしての通夜弔いをゆっくりなす情況にはございません。母は言葉もない様子で愕然としておりますが、致し方なきことでございます」

「武家方もあれこれございますな」

と源左衛門が言った。

「旦那様」

と売り上げの計算をしていた四之助が、

「本日の鼻緒屋での売り上げが出ました」

「ほう、どれほど売れましたかな。昨日が、確か十七足でしたな」

「本日は周五郎さんの下拵えもあって、ほぼその倍の三十五足の売り上げでございました」

「四之助、それはよろし。お客が三十数人来られたということですか」

「いいえ、旦那様、本日は四宿辺りのお客様が見えて、おひとりで二足三足とお求めになりましたゆえ、かような数になりました」

「なんということが。というと売り上げの金額はいくらですな」

「四十七両三分二朱でございます」

「な、なんと四十七両三分二朱ですと、うちの店の正月前の売り上げをこえておりませぬか」

「旦那様、私ども佳乃さんと八頭司様に足を向けて寝られませんな」

「大番頭さん、屋号を取り換えましょうかな。宮田屋と鼻緒屋のな」

源左衛門の冗談に、

「旦那様、鼻緒屋の名で売れたのではありません。宮田屋に京下りの品があるゆえ、これだけの数が出たのです。ただ今のうちは宮田屋の仮店です」

と佳乃が言い切り、

「梅花花魁の花魁道中はうちにとって大きな催しになりましたな。それもこれも佳乃さんと梅花花魁の話が合うからです。花魁が身請けされるのは目出度いことですが」

「その先は口になさるな、野暮になりますでな。それより梅花花魁になんぞ祝いの品物を考えねばいけません」

と源左衛門が松蔵の言葉を奪って言った。

「あれだけの花魁を身請けされるのはどなたでございましょうな、身請け金は、千両はしましょう。江戸でも名代《なだい》の分限者と違いますか」

と松蔵が言い、

「佳乃さん、あなた、承知しているのではないですか」

と佳乃に返答を求めた。

「大番頭さん、この晦日にはさような噂が流れてきましょう。それまでお待ちになってはいかがです」

「やっぱり承知ですな。さて、困った。なにを祝いにしましょう」

「男の大番頭さんが考えても無駄です。ここは佳乃さんと八頭司さんにお任せなされ。まず花魁道中の礼に伺わねばなりますまい。その折にな、花魁にお尋ねしてくれませんかな」

「いかにもさようでした」

と宮田屋の主従が佳乃を見た。

「いつでございますか」

「遅くなってもいけませんね。明日か明後日、とはいえ、そうするとこちらの商いが留守になりますな」

　と松蔵が困った顔をした。

「旦那様、大番頭さん、まず明日にもおふたりで吉原会所と雁木楼《がんぎろう》さんに挨拶に出向かれてはどうです。そのご挨拶ののちわたしと周五郎さんが参るのではいかがでしょう」

「そうですな、明日にも動く話でしたな」

　と源左衛門が佳乃の顔を見て、

「吉原の大看板が退く、目出度い話です。大番頭さん、うちも照降町の大看板ふたりに前座の私どもの締めをお願いしましょうかな」

　と言った。

第二章　商い再開

一

佳乃と周五郎は、元の鼻緒挿げの暮らしに戻り、淡々と仕事を続けることを話し合った。佳乃は鼻緒屋に訪ねてくる客を相手し、周五郎は下拵えの合間に普段履きの下駄や草履に紙緒を挿げる仕事をなすことにしたのだ。そんな主従の様子を飼い猫の二匹が丸まりながら時折見ていた。

宮田屋の源左衛門と大番頭の松蔵が吉原を訪ねる日も朝いちばんで剣術の稽古をして、四ツ（午前十時）の刻限に店開きした。

照降町にあった店が火事で焼け、店や家を普請できない小商売や職人衆は、宮田屋と若狭《わかさ》屋の船商いの一角を借りたので、多彩な寄合所帯の船商いは続けられることとなり、賑わいを見せていた。

一方、魚河岸は一気に新しい市場の店が完成し、江戸の内海をはじめとして三浦岬や相模灘などから集まる漁師船や押送船《おしおくりぶね》でもたらされた多彩で新鮮な魚を扱い始めた。ために照降町をはじめシマ全体が活気づいた。

朝稽古のあと、大塚南峰から、

「堀江《ほりえ》町のな、診療所が半ば出来上がっておる。近々見にきてくれぬか」

と周五郎は誘いを受けていた。

ともかく焼失した江戸の中心部でこのシマ界隈が真っ先に復興の賑わいを見せていた。

鼻緒屋では、主従ふたりに手代の四之助をつけて金銭のやり取りなど客の対応に当たることを大番頭の松蔵が命じていた。

ただ今のところ宮田屋の商いを鼻緒屋が先導して引っ張っていた。

この日も周五郎と四之助が店の戸を開けたとき、すでに七、八人の女衆の客が並んでいた。今日も一日忙しくなるぞ、と佳乃ら三人は覚悟した。

最初の客は江戸の親戚の火事見舞いに東海道の小田原城下から出てきた女客だった。その客の実家が漁の網元とかで、漁師船に乗って相模灘から三浦岬を横目に江戸の内海に入ってきたという。江戸の復興の一助になるように船に載せられるだけ、品々を買っていくという豪儀な女客だった。

「お客様、この照降町のことをご存じでしたか」

「いえ、知りません。江戸にきてな、読売で知りました。小田原の身内へも土産として買っていきます」

「ありがとうございます。子どもさんの下駄や普段履きの履物は船商いのほうで扱っております。そちらでお買い求めになるのなら手代さんに案内させます」

佳乃が当人の足に合うように鼻緒を挿げながら、本天の下駄と草履を誂えた。

それが一日の仕事の始まりで客相手に鼻緒挿げの作業が繰り返されることになった。鼻緒屋の行列が長くなったので、佳乃が挿げていた下駄や草履を船商いのほうに持っていき、あちらでも女客に対応することにした。

四之助が、

「番頭さん、こちらの履物もお願いします」

「相変わらずの鼻緒屋人気ですな」

二番番頭の嘉之助が照降町の行列に目を止めた。

「鼻緒屋人気というより佳乃さんと周五郎さんの主従人気ですよ」

「全くだ。御神木をあの炎から守ったおふたりはいまや江戸で名を知らぬ人がおらぬようですな。最前もお武家さんが八頭司周五郎さんの名を出して店はどこかと聞いていたくらいです」

と嘉之助が言った。

「履物を買いにきたお武家さんですか」

と四之助が尋ねた。

このところ佳乃と周五郎と時を過ごすことが多い四之助は、周五郎の実兄が亡くなった一件には、なにか事情があると察していた。ゆえに聞いてみたのだ。

「いや、あのふたり連れはお客じゃないな」

と嘉之助が言った。

「八頭司さんの旧藩の家来と違うかな。最前まで地引河岸に立って照降町のほうを眺めておりましたがな」

四之助はまた厄介事が周五郎に降りかかるのではないかと思い、船商いの店に品を届けたあと、荒布橋を渡り、新築なった魚河岸を見る体《てい》で市場に入った。本船町の中ほどで声がかかった。

「四之助、おめえ、宮田屋辞めて鼻緒屋に鞍替えしたか、佳乃の色気についふらふらと親店の宮田屋を袖にして鼻緒屋の婿になる気だな」

子どものころから知る魚辰の辰治親方が笑いながら質した。

「親方、冗談はなしだよ。親店は未だ普請の最中、その間、鼻緒屋の手伝いしろって大番頭さんに命じられたんですよ。奉公人は主や大番頭さんの言葉には逆らえません、親方も、この界隈のやり方を知らないわけじゃありませんよね」

「ふーん、おめえがよしっぺに懸想していると聞いたんだがな」

「親方、懸想しているのはこの界隈の若い衆全員でしょうが、私ひとりってわけじゃありませんよ。梅花花魁と佳乃さんが御神木の梅の幹に手を添えてさ、祈っている姿を見たら、親方だってくらくらしたのではありませんか。それともさ、親方はもうあっちのほうは御用納めですか」

問答を聞いていた奉公人がにやりと笑った。

四之助は、魚河岸に近い瀬戸物町の裏長屋育ちだ。十四の折、魚河岸に奉公しようか、照降町のお店に勤めようかと迷った末に宮田屋に決めた経緯があった。そんなことはこの界隈の生まれの者ならば全員承知だ。仕事が終わった魚河岸や地引河岸に舫《もや》われた船が四之助ら、子どもたちの遊び場だった。

「瀬戸物町のナメクジ長屋育ちのくそったれが、いつからそんな大口を叩くようになったんだ」

「この界隈生まれのガキですよ、生まれたときからこの程度の口を利くのは当たり前でしょうが。で、親方のあっちの方はどうかね」

宮田屋の手代の四之助と親方の問答を兄さん連がにやにやと笑って聞いていた。

「正直いってよ、花魁とよしっぺのふたりが御神木に寄りそう姿を見たらよ、男ならばだれでもむらむらするよな。だがよ、佳乃は死んだ弥兵衛《やへえ》さんと八重さんの娘だ。おりゃ、梅花花魁にしとこう」

と辰治親方がまんざらでもないという顔で言った。

「ふーん、梅花花魁ね、魚辰の親方、こりゃまた、高嶺の花ですよ」

「こら、四之、梅花花魁を連れてこい。そしたらよ、魚河岸の辰治がどれほど粋な兄さんでよ、元気か見せてやろうじゃねえか、なんならおめえにも御披露しようか」

「親方のしなびた一物を見たくはありませんよ。いいですかえ、親方、照降町で花魁道中が見られるなんて生涯に一度のことですよ。ありゃさ、佳乃さんと周五郎さんがいたから花魁も妓楼も吉原会所も首を縦に振った話ですよ。親方が梅花花魁と一夜をともにしたいならさ、懐に本日の売上金を入れてさ、雁木楼に登楼するのが手っ取り早いな」

「四之の野郎、一人前の口を利くようになったぜ。魚河岸育ちは口だけはどこのガキよりも達者だよな。だがな、花魁となると、一夜で事が済むわけじゃねえ。ウラを返して馴染みにならねえと床入りは出来ねえよ。四之、だれから聞きかじったかしらねえが、そんなこともしらないか」

と掛け合っていた親方がふと思い出したように、

「四之、おめえ、うちに冗談口たたきにきやがったか」

と尋ねた。

「ああ、思い出した。親方が妙なことをいうから、こんな問答になっちまいましたよ」

宮田屋の奉公人の口調に慌てて戻した四之助が、

「鼻緒屋の八頭司さんのことを尋ね歩く侍がふたりいると聞いたんですけどね、親方見ていませんか」

「四之、こんどは花魁から侍か。おりゃ、野暮な勤番侍には関心がねえな」

と辰治親方が言った。するとふたりの問答を聞いていた兄さんのひとりの東助が、

「四之助よ、そやつら、芝河岸に止めた船にいるぜ。なんだかしらねえが、焼け落ちた日本橋の普請をよ、ぼっと見上げていたな。ありゃ、浅葱裏《あさぎうら》の勤番者だな。江戸に出てきて、さほど月日が経ってねえ下士だね。あほ面してよ、野暮天のきわみだぜ」

「有り難うございます、東助兄さん」

「四之よ、おめえ、履物屋に奉公してよかったじゃないか。おめえの歳で大店の手代になったのはワルガキ仲間にはいねえもんな」

と東助が言い、

「ありがとう」

と四之助が礼を述べた。

たしかに勤番者と思えるふたりの下士が日本橋の土台になる柱を水面に打ち込む作業を見ていた。

船頭は船の艫《とも》で煙管《きせる》を吹かしていた。なんとなくやることがないという様子だった。

「お侍さんよ、橋の普請が面白いですかえ」

と四之助はガキ時分の口調で声をかけた。

「うむ」

と振り返ったふたりは四之助をじいっと無言で凝視した。そして、よく似た顔立ちのひとりが、

「おまえは何者か」

と質した。

「へえ、宮田屋って下り履物の問屋の奉公人でしてね、お侍さん方が八頭司周五郎さんに関心を寄せていると聞かされてね、つい声をかけちまったんですよ」

と四之助は魚河岸の兄さん連と話していた口調であえて話した。相手の正体が今一つ分らなかったからだ。

「そのほう、名は」

「へえ、この界隈育ちの四之助ですけど」

「八頭司様とはどのような関わりか」

敬称をつけて周五郎を呼んだということは身分が違うのだ。予測していたようにふたりは下士だろう。形を見てもそんな感じがした。

「今は八頭司さんのいる鼻緒屋を手伝っていまさあ、まあ、仲間かな」

ふたりは四之助をどう扱ってよいか、迷っているようだった。

「おまえさん方、小倉藩小笠原様の御家中のお方かえ」

と四之助が踏み込んで問うと、

「町人、不躾《ぶしつけ》に過ぎようぞ。われらがどのような用件を抱えておるか、町人のそのほうが知る要はなかろう」

と相手が言い切った。

「全くだ。こいつは失礼いたしましたね、江戸者ってのは、他人様の用事まで気になる輩でしてね、ついお節介が過ぎたようです。ごめんなさいよ」

四之助が芝河岸から地引河岸へとさっさと行きかけてみせた。

「まて、町人」

これまで沈黙を続けていたひとりが四之助を呼び止めた。

「町人って呼ぶのは止めてくれませんかえ。四之助と名乗りましたぜ」

「四之助であったか、八頭司様と仲間と申したな」

「へえ、おまえさんの名はなんだい」

と四之助が質した。

「徳王丸萬右衛門《とくおうまるまんえもん》、この者は弟の千左衛門《せんざえもん》である」

「兄弟でしたか、よう似ていると思ったぜ。で、八頭司さんに御用たあ、なんですね、なんなら案内しますぜ」

と四之助が言った。

「いや、本日は江戸見物に参っただけでな」

「船で江戸見物とは大したものだね。待てよ、小倉藩江戸藩邸はよ、この先の道三橋近くだよな。そこから船でこの芝河岸とは一体どういうこってすね」

「われら、川向こうの町屋敷に住まいしておるでな、本日は上役に船を用意して頂いた」

ふたりは江戸の地理が全く分っていないように思えた。

「それはなんともご親切な上役様だな。で、八頭司さんに伝えることがございますかね」

弟の千左衛門は無口なのか黙り込み、四之助を凝視していた。兄の萬右衛門がしばし沈思し、

「八頭司周五郎様は、鼻緒屋なる店に奉公していると聞いたがたしかか」

と質した。

「確かもたしか、もう二年になりますかね。この界隈のだれにも知られたお方でさあ、お会いになったらどうです」

「本日はよい」

と兄の萬右衛門が強い口調で言い、

「町人、八頭司様がお店を辞めるといった話はないか」

と弟の千左衛門が質して、

「ご冗談だろ、八頭司さんが辞めたらよ、この界隈は大困りですぜ。そんなことはこの界隈の人たちが許しませんぜ」

と四之助が言い切った。

徳王丸と名乗った兄弟は、芝河岸に止めた船の船頭に命じて日本橋川を大川との合流部に下っていった。四之助には結局、西国から江戸に出てきたばかりの兄弟がなにをしようとしているのか、理解がつかなかった。いや、この兄弟自身ですら、上役からなにを命じられたか、理解している様子はなかった。

四之助は、

「遅くなりました」

と言いながら鼻緒屋に戻った。

「なんぞござったかな」

と周五郎が聞いた。

「それなんですよ」

と前置きした四之助が番頭の嘉之助に聞いた話から小倉藩小笠原家の下士らしい徳王丸兄弟に会い、話をした様子を周五郎に細かく伝えた。

「なんと、手代どのはそれがしの旧藩の者と会い、話を聞き出してこられたか。それはまた厄介をおかけ申したな」

と周五郎が詫びた。

「なんぞ聞き出そうとしたのですが、相手が江戸に出てきたばかりの様子でしてね、深川のほうと思える町屋敷に住まいしていることは承知していますが、芝河岸のほんの先に自分のとこの江戸藩邸があることを知らされてないんですよ」

「その者がそれがしの名を承知であったか」

「はい、なんのために船に乗って魚河岸に来たんでしょうね」

「どうやら江戸に慣れさせようと下屋敷の用人あたりに命じられたか」

と応じた周五郎だが、ふたりの兄弟がなぜ国許から江戸に呼ばれたか、推量もつかなかった。

佳乃はふたりの問答を黙って聞きながら鼻緒を挿げていた。

ちょうど客が少ない昼の刻限だった。そのために下駄と鼻緒を組み合わせて下拵えをしていたのだ。

「すでに佳乃どのも四之助どのも承知のようにわが旧藩は、二派に分かれて内紛のさなかでな、だれがなにを考えておられるのか、それがしも見当もつかぬ」

と応じた周五郎に佳乃が、

「兄上様が身罷られたこととそのふたりの兄弟は関わりがあるのかしら」

と質した。

「さあてな、どちらの派に与していようと、会うたこともないその兄弟の役割は察しもつかぬな」

紙緒を普段履きの男物の下駄に挿げ終えた周五郎は、徳王丸なる兄弟は重臣派ではあるまいと推測した。

「佳乃、お客さんがいないようなら昼餉を食さないかね」

と台所から八重の声がした。

「昼餉にしましょうか」

と佳乃がふたりを誘った。

「頂戴しよう」

と応じた周五郎は、

「大塚南峰先生となな、堀江町裏に建てられている診療所を見にいく約束をしたのだ。昼餉のあと、少し暇を頂戴したい」

と佳乃に願った。

「この家を建ててくれた大工の三人が南峰先生の診療所を手掛けているのよね。それにしてもうちも大塚南峰先生の診療所も、金子のないところから家が建つだなんて妙よね」

「佳乃さん、こちらの鼻緒屋も診療所もシマにとって大事なところなんですよ。だから、早々とお店を兼ねた家が建って、こちらではすでに商いをしている」

と四之助が言った。

「なにをくっ喋《ちゃべ》ってんだい、味噌汁が冷めるよ」

と八重に言われた三人は急いで奥に入った。

手代の四之助はさすがに大店の奉公人だ。売上げを入れた銭箱と帳面を奥へと携えていった。

「八頭司さん、私は剣術のことはなにも分りません。けど、あの兄弟なかなかの腕前のように見受けました」

「であろうな。でなければ下士と思える兄弟がどちらの派であっても、豊前から江戸に送り込まれまい」

　と周五郎が四之助の推量に答えた。

　周五郎は昼餉を早々に食すると大塚南峰の仮診療所を訪れることにした。こちらでも大勢の職人と宮田屋の奉公人たちが昼餉を終えて一服しているところだった。

「南峰先生の普請中の診療所を見せてもらえぬか」

「おお、そちらもひと息吐いたか。わしはこの仮診療所が分にあっておるがのう。三度三度の飯つきで、わしと彦太郎は怪我人や病人を診ておればよいのだからな。立派な診療所は似合うまい」

　と南峰が言った。すると宮田屋の女衆が、

「南峰先生、冗談はなしですよ。お店の敷地に建っている診療所と土蔵をいつまでも占拠されていたら宮田屋が困りますよ。一日でも早く堀江町に引越してほしいって、大工衆も睨んでますよ」

「わしが普請の邪魔をしているというのか、致し方ないな。それにしても懐の寂しいわしの診療所が建つというのはどういうことかのう」

「鼻緒屋でも同じ話が出ておった。家を建てる金子など持ち合わせてない鼻緒屋と診療所がシマ界隈で真っ先に建って商いをするのはどういうことかとな」

「まあ、佳乃さんは今や売れっ子の鼻緒職人じゃ、宮田屋はそのことをよう承知しておられる。今日もたくさんの客が行列していたな」

と南峰は鼻緒屋の女客の行列を見たか、そういい、

「昼休みだけが客が少ないでな、今南峰先生の診療所を見に参ろうではないか」

と周五郎が誘うと、

「大怪我の患者がきた場合は堀江町裏にだれぞ呼びに来させろ。なあに、われらも四半刻もせぬうちに戻ってくる」

と見習医師に言い残し、南峰は周五郎と、照降町の宮田屋の普請場から堀江町河岸に向かった。

二

シマは日本橋川に向かって短冊形に南東へと延びている。

西側に魚河岸と鉤《かぎ》の手に曲がる入堀があり、日本橋川との合流部に荒布橋があ

って、小網《こあみ》河岸が日本橋川に沿って一丁半ほど延びて、ただ今の思案橋にぶつかる。そこから堀江町四丁目に接して親仁橋《おやじばし》、万橋《よろずばし》を経て堀江町河岸は堀留町二丁目に行き当たる。先端が三角形の小網河岸と堀留町二丁目まで距離はほぼ四丁あった。

この短冊形の長いシマに横道が三本東西に延びて小船《こぶな》町河岸と堀江町河岸を結んでいた。その横道の長さは一丁余りだ。

シマの北側、鉤の手の堀留には中之橋、堀江町河岸には万橋がかかり、大塚南峰の診療所の普請場は、万橋西詰に近い堀江町二丁目の裏手にあった。

ここには大火事前、若狭屋の家作が三棟建っていた。九尺二間の棟割長屋ではない。三棟ともに総二階で、一階にも二階にも二部屋ずつあるような長屋だった。住人は大店の主の妾や、職人でも棟梁とか中店を隠居した年寄りの面々だった。だが、そんな住人もあの大火事にあっさりと住まいを失った。

ちなみに短冊形のシマの日本橋川に近い横道が照降町だ。

南峰の旧診療所からおよそ一丁ほど離れた普請場に南峰と周五郎が立っていた。

横道から六、七間路地を入るが、路地の幅も一間以上はあった。

「なかなかの普請にござるな。広さはどれほどかな」

と周五郎が南峰に尋ねた。

「若狭屋の三棟の長屋の敷地は百数十坪と聞いた。診療所は木戸門に近い一棟の角に診察室と待合土間があってな、二階にわしと彦太郎の部屋がそれぞれひと部屋ずつある」

診療所は若狭屋の土地の入口に造られており、出来上がればなかなかのものになろうと思えた。

「前の診療室の倍はあるでな、怪我人の治療をなすにもよいであろう。それに戸板に載せた怪我人や病人を診療室までいきなり運び込めるで便利じゃな」

ふたりの問答を聞いていた大工頭の利介が、

「南峰先生よ、焼けた診療所は、魚河岸の荷物置場だったところを改装したものだったよな。こたびは最初から診療所として作る本式の建て方だ。南峰先生の考えを入れて絵図面を起こしたからよ、燃えた診療所とは比べ物にならねえよ。あと、半月もしたら普請が出来上がる。せっせと稼ぎねえ。といって、酒代にならねえようにな」

と南峰に注意までした。

「わしか、もはや大酒は止めた。なにしろ八頭司周五郎という、おっかない剣術の師匠がわしを見張っておられるからな。それとなにより若狭屋と宮田屋にこちらの診療所の借地料や普請代を支払わねばなるまい。そなたら、普請場で怪我をしたら、どんな遠くでもうちにこよ。高い治療代で診て遣《つか》わすでな」

「おい、南峰先生よ、普請中の大工にそんな嫌味をいうと、最初の野分《のわき》に遭うたらころりと倒れる建物になるがいいか」

利介が鋸《のこぎり》で柱に隠し傷を入れる真似をした。

「ま、待て。野分ひとつで新築の家が転ぶとな、そりゃ、まずい。高い治療代というたは、言葉の綾じゃ。丁寧に診てな、さほどのお代は請求せぬ、心づけでよいわ」

「先生よ、仮診療所でもまともな治療代を貰ってないってな。それじゃ若狭屋と宮田屋に返すものも返せねえじゃないか。並みの診療代は貰っていいんだよ。なにしろ、大塚南峰はただの町医者じゃねえ、蘭方医だってことをシマ界隈の住人はだれもが承知だからよ」

「頭、蘭方医の肩書も過日の大火事で消えてしもうたわ。わしは一介の町医者でよい。このシマでな、骨を埋める心積もりで働くでな、よい診療所を建ててくれぬか」

「あいよ、合点承知の助だ」

と言った利介が周五郎を見て、

「どうだ、鼻緒屋の住み心地は」

と話を振ってきた。

ちょうど休みの刻限で頭の下で働く大工ふたりものんびりと煙管を吹かしていた。

「頭、土蔵に寝るよりも体が休まるな。それに仕事がしやすいし、客人の応対にも便利でな、師匠の佳乃どのも満足されておるぞ」

「だろ、愛弟子のおれは棟梁によ、釘一本の打ち方から厳しく叩き込まれてっからな。おりゃ、棟梁のもとで仕事をするのがなにより楽しいや」

「棟梁にはなりたくないのかな」

「棟梁はな、銭の工面から施主との応対、普請場の差配とよ、あれこれ気を遣うことが多いや。おりゃ、ただ、親方のもとでよ、こうして鼻緒屋とかよ、診療所とかよ、建てる仕事をしてよ、客に喜ばれるほうがいいな」

「そうか、頭は金勘定や客との応対がダメか。ということは大塚南峰先生も頭も出世より仕事が好きという貧乏性であろう」

と周五郎が破顔した。

「八頭司周五郎、笑っている場合か。そなたもわれらの仲間と違うか。譜代大名の重臣の倅《せがれ》が鼻緒挿げをしておるのじゃからな。出世なんぞどうでもよきことか」

「まあ、そういうことだな」

「南峰先生よ、おれとお侍さんは仲間のようで仲間じゃないぞ」

「武士と町人の違いか。この八頭司さんは、武士に拘《こだわ》ってはおられぬ。剣術の拘りを持っておられるだけでな、おまえさんが鉋《かんな》のかけ方に拘るようなもので同じ仲間よ」

「先生よ、おれの棟梁は男だよ。だがよ、お侍さんの師匠は女だ。その辺りが違うと言いたかったのよ」

「ああ、その話か、それは致し方あるまい。八頭司さんは先代の弥兵衛さんに懇願して見習職人になったのじゃからな。それも当代の女師匠が三年の修業に出ている間のことだからな」

「そうだな、別嬪《べっぴん》の女師匠がいたからって弟子入りしたんじゃねえものな。佳乃さんは出戻ってきたんだもんな」

と利介が得心したように応じた。

「宮田屋が出来上がるのが楽しみじゃな。丁寧な造りは素人のそれがしが見ていても分る。あれが真の職人の技というものであろう」

と周五郎が言った。

「おおさ、鼻緒屋の見習職人は見る眼があるな」

と頭が応じたところでふたりの大工が立ち上がり、

「頭、昼の刻限は終わったぜ」

と教えた。

「おお、邪魔にならぬようにわしらは照降町に戻るでな」

と南峰が応じた。

ふたりは堀江町河岸をゆっくりと照降町の親仁橋へと向かっていた。南峰が不意に言った。

「過日、質した話はどうなった」

周五郎は蘭方医に視線を向けた。

「そなたの家に不幸があったと患者がわしに告げたのだ。そなたの家でどなたかが身罷られたのは真の話ではないのか」

周五郎は南峰が普請場に誘ったのはこの一件があったからではないかと思った。どの程度を承知か、周五郎は見当がつかず黙っていた。

「そなた、先般照降町を留守にしたたな。梅花花魁が照降町で花魁道中をなして大騒ぎになった直後からそなたの姿が消えた。あの騒ぎのなかだ、そなたのいなくなったことに気付いた住人はそう多くはいなかった。だが、その患者は承知していた」

「なにを承知していたというのです、南峰先生」

「そなたの兄御が身罷ったというのは真実か」

南峰はずばりと周五郎に質した。

いずこから洩れたか、ともかく南峰も知ったことになる。

「その者に固く口留めはしておいた。だが、かような話はいずれ広がっていこう。そなたはもはや照降町にとってなくてはならぬ人物だからな」

「たしかに父の跡継ぎとして、すでに江戸藩邸に出仕していた長兄の裕太郎が身罷りました、弔いも内々にて終えました」

周五郎の言葉にこんどは南峰がしばし間をおいて、

「やはり真実であったか。当然佳乃さんは承知じゃな」

「主に隠し果《おお》せることではございませぬ」

「病死、とは思えぬ。藩の内紛に絡んでの死か」

周五郎は頷いた。

「となると、いずれそなたは照降町を去ることになるか」

「南峰先生、それがし、ただ今は照降町の復興に専念しとうございます。父も御番頭として奉公しておりますれば、急いで跡継ぎを決める要もございますまい。兄上の死は病死として江戸藩邸に認められました」

婉曲な表現の仕方で事情を告げた。

「とはいえ、対立派に殺害されたのであれば、いずれ真実は藩邸の外にもれぬか」

「南峰先生が噂を聞きつけられましたようにいずれは広がりましょう。父上も藩も大名諸家を監督差配する大目付が動くことを恐れておられます」

「ふうっ」

と吐息をした南峰が、

「そなたのおらぬ照降町など考えられぬ」

「それがしには妹もおりますので、先々どうなるか分りませぬ」

周五郎の言い訳に、蘭方医として武家方の習わしも知る南峰はもはやなにも答えなかった。

親仁橋に辿りついたふたりは黙って照降町に入っていった。すると若狭屋の普請場から大番頭の新右衛門が、

「おふたりで堀江町の普請場を見に行かれましたか」

「大番頭どの、立派な診療所がシマに誕生しますな。われら、若狭屋どののご厚意にどれほど感謝してよいか分りませぬ」

と周五郎が南峰に代わって返事をした。

「おふたりがこのシマにおられるのはなんとも心強いかぎりです」

ふたりが期せずして同時に頷くと、

「おお、そうでした。南峰先生の診療所にも鼻緒屋にも患者や客が行列していますぞ」

と新右衛門が言った。

「それは大変だぞ、周五郎さんや」

「大番頭どの、われら、急ぎ戻ります」

照降町を荒布橋に向かって急ぎ足で戻ると、宮田屋にいた手代の四之助に、

「南峰先生、彦太郎さんが困惑の体ですよ。それに周五郎さん、佳乃さんが大忙しです」

とこちらでも言われた。

「八頭司さん、わしが為すことがあればいつでも相談に乗るでな」

と言い残して南峰は仮診療所に駆け出していった。

「すまぬ、四之助どの、堀江町に普請中の診療所が立派なのでな、つい見惚れておって時が経つのを忘れてしまった」

と言い訳した周五郎が鼻緒屋に戻ろうとすると、荒布橋の袂にあんぽつ駕籠が止まり、駕籠かきが船商いの人混みを見ているのが目に入った。

あんぽつ駕籠は町駕籠のなかでは上等な乗り物であった。

火事で焼けた照降町にあんぽつ駕籠が止まっていると思いながら、鼻緒屋の敷居を跨いだ。すると佳乃がひとりの武家方と思しき風体の女客の足に草履の鼻緒を合わせていた。さらに三人の客がその後ろに並んでいた。

「お出でいただき有難うござる」

と刀を抜きながら上がり框《かまち》の隅から仕事場の自分の席に腰を落ち着けた。すると席の前に子ども用の下駄の台が三足あった。十歳くらいの男子の下駄二足と五、六歳と思しき娘の駒下駄一足の台だった。普段履きの下駄だ。周五郎が鼻緒を挿げる下駄だった。

「こちらは鼻緒屋だったわね、有難うござるときたよ。まるで武家屋敷に履物を買いにきたようだよ」

と町人の女客が苦笑いした。その女衆の手には女物の下駄と本天の鼻緒があった。これは佳乃しか扱えない品だ。周五郎は子どもの下駄を手に、

「どなた様の買い物かな」

と質すと、

「へへえ、それがしの買い物にござる、と答えたくなるわね」

と最前の女が答えた。

「お買い上げ有難い。鼻緒をすげて宜しいかな」

と周五郎が佳乃に質すと、

「お願い、娘さんは五歳だって、その花柄の鼻緒を選んでおいたわ」

「相分った」

と応じた周五郎が娘の駒下駄を挿げ始めた。

「おや、お侍さんにしては手際がいいわね」

と女客が言った。

「お客人、それがし、未だ半人前でな、丁寧に挿げるで、許してくれぬか」

「畏まって候、で返事はいいのかね」

「お客人はどちらから参られたな」

「品川宿でござる」

「遠方よりの御来店あり難きかな」

「読売でさ、照降町の鼻緒屋の女主と職人のお侍さんが御神木の梅を命がけで守ったというからさ、顔を見にきたのさ。驚いたね、こりゃ、真にお侍さんだね」

「いやいや」

と周五郎は曖昧な返答をした。すると相手の客が、

「侍とはいってもさ、食い詰めた浪人者と思ったらさ、言葉からしても本物のお侍じゃないか。なんだか、うちの子どもの下駄の鼻緒を挿げてもらって恐縮ですよ」

「武士も半人前ならば、鼻緒職人も見習でござってな、しばし時を貸してくださされ。次にお出での折は、もそっと手際よくきれいに鼻緒を挿げさせていただくでな」

「まあ、鼻緒挿げよりもさ、侍言葉はどうにかならないかね」

「お聞き苦しゅうござるか。うーむ、覚えることがあれこれとござってな」

隣では佳乃が武家方の奥方と思しき客に、下りものの草履の鼻緒を選んで、足に合わせて挿げ終えたところだった。草履と鼻緒で一両はする上物だ。

「お客様、お履き心地はいかがでございますか」

「最前よりずっとようなりました」

と女衆がいい、周五郎に眼差しを向けて、

「八頭司周五郎様でございましたね」

といきなり言葉をかけた。

「いかにもそれがしの名でござるが、鼻緒屋ではただの周五郎にござる」

と応じながら、下駄の前穴にトオシを使い、前緒の先を入れて声の主に視線を向けた。

周五郎は、

(どこかで会った顔だが)

と訝しく顔を見ていたが、あっ、と内心思った。だが、驚きを隠すべく平静な表情を保った。一度は婿入りを決めた小倉藩江戸藩邸の中老青柳家の娘園女《そのじょ》だった。

「まさかと思いましたが、やはり鼻緒屋で働いておられましたか」

と客の女が見下したように言い、佳乃に視線を向け直すと、

「お代はいくら」

と用事は済んだという体で聞いた。

「一両一分二朱にございます。お履きになって具合が悪いようでしたら、いつなりともお持ち下さい。手直し致します」

と言った佳乃が、

「お代は手代にお支払い下さいまし」

と四之助に目顔で願った。

女客が代金を払い、周五郎は五歳の娘の小さな下駄の挿げに注意を戻しながら、

(園女がなぜ照降町の鼻緒屋を訪れたか)

と訝しく思った。

園女は小倉藩小笠原家の江戸藩邸中老職の池端家の次男を婿取りしたと聞かされていた。青柳家は、江戸藩邸の重臣派の主だった一家で、園女の夫も重臣派の中心人物のはずだ。

（兄の裕太郎の死と関わりがあるのかないのか）

と周五郎は考えたが青柳園女が鼻緒屋を出た後荒布橋の方角に向かう背を見て、あのあんぽつ駕籠は園女が乗ってきた乗り物かと思った。

大火事の被害が残る町屋に、それも歩いても来られる照降町にあんぽつ駕籠で乗り付ける女子を見て、婿入りをやめた判断は正しかったと思った。

八ツ（午後二時）時分になって急に客が増えた。佳乃も周五郎も四之助もひたすら鼻緒挿げや応対に追いまくられた。

どれほど時が過ぎたか、鼻緒屋から客の姿が消え、四之助が表に出て、

「船商いも店仕舞いのようです」

とふたりに言った。

「何刻かのう」

「七ツ半（午後五時）は過ぎておりましょう。うちも店仕舞いを致しましょうか」

「お客様はいないのね、ならばうちも店仕舞いね」

と女主が応じた。

照降町が大火事で焼失する前、季節によっては六ツ半（午後七時）まで商いを

する店もあった。だが、火事のあとだ。船商いも鼻緒屋も仮診療所も七ツ半を目処に仕事を終えた。

四之助は売り上げの勘定を始め、佳乃と周五郎は明日の品物選びや道具の手入れをした。

「あの武家方のお客様、周五郎さんの知り合いなの」

と佳乃が問うた。

「江戸藩邸の重臣の奥方様だ、佳乃どの」

「小倉藩のお方がこの照降町に履物を購いにきたの」

「……………」

「八頭司家のお知り合いかしら」

「それがしにとある重臣の家に婿入りするという話があったのは承知じゃな。その婿入り先の娘御、つまりそれがしの女房になったかもしれぬお方だ。顔は見覚えがあったが名は直ぐに思い出せなかった」

「周五郎さんがうちに居ることを承知で見えたのよね」

「ああ、間違いない。兄の関わりか、あるいは」

と言葉を止めた。

「あるいは、どうしたの」

「それがしが真にこの照降町で働いておるかどうか確かめにきたかの、どちらかであろう」

「冷たい言い方ね」

「小倉藩藩邸は道三橋の傍らじゃぞ。火事で焼失した町屋に駕籠で乗り付ける女子を、どういえばよい」

　その言葉を聞いた佳乃が不意に、

「ご免なさい。わたしが口を出す話ではなかったわ。つい差し出口をしてしまったの」

　と詫びた。

「もうよい。あの女子の婿にならんでよかったと心から思っておる」

　との周五郎の言葉を思わず耳にした四之助が、

「周五郎さんのお嫁さんになるはずだった方ですか」

　と思わずこちらも口を挟んだ。

「お聞きのとおりじゃ。出来ることとなればこの話、忘れたいでな。四之助どのの胸に仕舞ってくれぬか」

と願い、四之助が頷いた。

三

二日後、幸次郎が漕ぐ猪牙舟《ちょき》に乗った佳乃と周五郎は、大川を遡上していた。吉原の大籬《おおまがき》雁木楼の梅花花魁に招かれてのことだ。招きは過日の花魁道中の礼に行った宮田屋と若狭屋の旦那ふたりに言付《ことづ》けられた。むろん佳乃は梅花が身請けされる前に祝いの訪《おとな》いをする心算でいた。

昼の九ツ時分のことだ。

周五郎は久しぶりに会った幸次郎から、

「八頭司さん、すまねえ、おまえさんとの約定を破ってしまった」

といきなり詫びられた。

兄の裕太郎が身罷ったと八頭司家の老中間兼三に知らされたとき、近くに幸次郎がいてその話を聞いていたのだ。

その折、小倉藩の江戸藩邸に戻るのは兄の死が理由であることを、幸次郎の胸に仕舞っておいてくれ、と願っていた。だが同時に、梅花の花魁道中が終ったたばかりの騒ぎの最中に周五郎が突然姿を消したのだ、当然佳乃が周五郎の身を案じて理由を知ろうとするのは考えられた。

幸次郎がそのことを佳乃に告げるのは自然の成行きだと思っていた。

「幸次郎どの、もはやそのことはよい。済んだことだ」

「済んだって言ってもよ、周五郎さんの兄さんが死んだんだぜ。おまえさんの身辺に変わりはないのか」

幸次郎の問いに周五郎はしばし沈黙で答え、

「それがしがただ今為さねばならぬことは照降町の復興の手伝いであろう。まずそのことに専念いたす」

と他でも口にした同じ言葉を繰り返した。

「つまりよしっぺの手伝いをするってことだな」

「さようだ」

佳乃はふたりの問答を黙って聞いていた。

「おりゃさ、ただの船頭だ。シマにあったうちの長屋も焼けた。幸い焼けなかった船宿の中洲《なかす》屋に、一家で間借りして住んでいらあ。おれも照降町を立て直すのになんぞ手伝いたいがさ、八頭司さんのようには働けねえ。おまえさんがこの最中に照降町にいてくれるのはどれほど心強いか。シマじゅうどころか、魚河岸も二丁町の面々も照降町の鼻緒屋のふたりをよ、頼りにしていらあ。おりゃ、自分によ、知恵と力のねえのが情けねえぜ」

「幸次郎どの、それは違う。人はひとりひとりに働き方がある。あの大火事の折、幸次郎どのは命を賭してシマの住人を川向こうに運んでくれたではないか、だれもが承知だ。そなたは船頭という仕事で十分にシマの人々に助けをなしておる。ただ今の吉原行もその働きの一つであろう」

「おりゃ、船頭していることが火事に遭った人の助けになってるか」

「いかにもさよう。佳乃どのもとくと承知だ」

「よしっぺ、おりゃ、それでいいのか」

「幸次郎さん、いえ、幸ちゃんが鼻緒の挿げをしてくれても皆は喜ばないわよ。猪牙舟を自在に操って人や物を運んでくれるから、中洲屋の幸ちゃんなのよ。そんな幸ちゃんがわたしも八頭司さんも好きだし、認めているの」

「そうか、おりゃ、船頭をして人助けか、分った」

と潔い返事が返ってきた。

「それでこそ幸次郎どのだ」

猪牙舟の櫓が力強くなり、舟足を上げて遡上していった。


九ツ半（午後一時）、切手を大門前で吉原会所の若い衆に見せた佳乃は、

「雁木楼の梅花花魁に八頭司さんといっしょに呼ばれております。後ほど会所には挨拶に伺いますが通ってようございましょうか」

と許しを乞うた。

「おお、梅花花魁からもその旨、話が来ているぜ」

と言った若い衆が、

「船乗込みでよ、照降町に行ってさ、花魁道中大変な人出だったってな。おれも見たかったたぜ」

「あら、梅花花魁の道中なんて始終見ておられましょうに」

「そりゃ、この仲之町での花魁道中は毎夕見ているさ、だがよ、梅花花魁の見納めに船乗込みとさ、照降町の花魁道中を見たかったたんだ」

「梅花花魁が吉原におられるのはあと十日ほどじゃな」

「そういうことだ、八頭司さんよ」

周五郎は佳乃の拵えた下駄と草履を風呂敷に包み、あとに従った。大籬の雁木

楼にふたりが通るのは初めてではない。

昼見世の前で雁木楼は静かだった。

「ご免下さい」

佳乃が声をかけると暖簾《のれん》の向こうから、

「鼻緒屋さんの主従だね、梅花花魁がお待ちかねだよ」

遣手《やりて》の女衆の声がした。

梅花花魁が身請けされることはすでに決まっているのだ。なんとなくだが、今までとは違った扱いの声音だった。

「お邪魔します」

ふたりが暖簾を潜ると、

「照降町の花魁道中の仕掛けは、おまえさんだってね。廓《くるわ》の人間じゃとても思いもつかないよ。読売に書いてあったが、江戸じゅうの人が集まったってね、私も見たかったよ」

と遣手の女衆も会所の若い衆と同じことを、悔し気な口調で言った。

「梅花花魁の名と心意気が『照降町の花魁道中』にしてくれました、感謝以外ございません、おいつさん」

周五郎は佳乃が遣手の名まで承知なのに驚いた。

「そう聞いておこうかね。もはや花魁の座敷に案内する要はないね」

おいつが大階段を見上げた。

周五郎はおいつに一本差しの同田貫を預けて、大階段を佳乃に従った。

浴衣を着た梅花は素顔でふたりを迎えた。

「花魁、過日は真に有難うございました。照降町のみならず江戸じゅうの方々が大勢見物に見えて大喜びなさいました。これもひとえに梅花様の名声ゆえでございます」

「佳乃さん、遊女の名声が通じる場所はこの廓内だけです。それがなんと佳乃さんの思案で江戸じゅうに名を遺すことになりました。礼を申すのはこの梅花です」

「花魁、これからもお会いできることを願っております」

と言った佳乃が周五郎に合図した。

周五郎が風呂敷包みを広げて佳乃の前に出した。

「廓の外でお履きになりますように草履と下駄を拵えました。お気に召しますとよいのですが」

と言いながら佳乃が取り出したのは、草履は京の下りものに革緒、それに駿河産の桐材の塗り舟形下駄に鼻緒は粋な布緒だった。

「佳乃さんには遊女の最後を飾る三枚歯下駄を拵えてもらい、本日はまた廓を出て最初に履く下駄を拵えてもらいましたか、有難う」

「女鼻緒職人が花魁の履物を造らせてもらい、なんとも貴重な経験をさせて頂きました。これをご縁にお付き合いのほどお願いできましょうか」

「こちらこそ佳乃さん、後添いに入らせてもらうお店と履物は関わりがございますゆえ、新たな付き合いが始まります」

と最前の佳乃の言葉に応じて梅花が言い、奥座敷に向かい、

「おまえ様、こちらへ」

と呼んだ。

驚いたことに身請けをする御仁が佳乃と周五郎を待ち受けていたのである。

佳乃が恰幅のいい壮年の旦那風の人物に平伏した。佳乃は何者か承知なのだろう。

周五郎は、会釈をした。すると相手も会釈を返し、

「梅香《うめか》、このおふたりが照降町の御神木を守り、そなたに照降町の梅と再会の機

会を作ってくれた方々どすな」

周五郎は相手の言葉に京訛りがあるのを聞き、本名であろう梅香と呼ぶのを聞いて、もはや花魁梅花は吉原にはいないのだと察した。

「私は、茶屋四郎次郎《ちゃやしろじろう》と申す呉服屋どす、名は清方《きよかた》と呼んで下され」

と周五郎に向かって言った。

「茶屋四郎次郎様と申されれば、かつて異国に交易船を走らせた京の大商人どのと関わりがござろうか」

「江戸では茶屋四郎次郎やなどというても、だれも京の呉服屋とは思いまへんな。八頭司様はようご存じや。うちは末裔どす」

梅花花魁の相手は京の大商人の末裔だという。呉服屋といっても御呉服所と呼ばれる公儀に出入りの御用達商人だ。同時に茶屋四郎次郎家は細作《さいさく》を代々受け継いできたと長崎にいるときに周五郎は聞いたことがあった。ともかくふたりが並んだ姿を見るとなんとも似合いの夫婦に見えた。

「八頭司様は、小倉藩小笠原様の重臣の家が御実家と聞きました」

「清方様、それがし、出は確かにさようですが屋敷を出て二年半前に佳乃どのの父御、鼻緒屋の弥兵衛どのに懇願して弟子入りしましたゆえ、ただの周五郎にございます」

「譜代大名の重臣の倅どのが照降町の鼻緒挿げに弟子入りとは、そなた様も変わっておられますな」

と清方が笑った。

「弥兵衛どのが身罷られて、まさか娘御の師匠に仕えようとは努々考えもしませんでした」

「女師匠では不都合どすか」

「いえ、不都合などございましょうか、見習弟子としていささか緊張の日々にござる」

「梅香、このおふたりと話が合うはずや」

「はい、出会ったときから実の妹のような気がしています」

「ならば末永い付き合いになりましょう」

と梅香から佳乃に視線を移し、

「うちの拝借地の屋敷は火事で焼けてしまいました。当座、根岸の別邸に住まいします。次なる機会は根岸を訪ねて下され」

と御用達商人の茶屋四郎次郎清方が磊落《らいらく》な口調で言った。

身分や立場の異なる四人の男女は四半刻ほど談笑をして、八月の半ばに根岸の別邸を訪ねることを約定した。

佳乃と周五郎は、吉原会所に立ち寄り、四郎兵衛《しろべえ》に先の照降町の花魁道中の礼を述べることにした。

四郎兵衛は、会所の奥座敷で文を認《したた》めていた。

「おお、佳乃さん、八頭司さん、花魁と話が出来ましたかな」

と筆を擱《お》いてふたりに質した。

「はい。まさか身請けなさるお方が座敷におられようとは存じませんでした」

「おや、清方様がおられましたか。おふたりは初めての顔合わせでございましょうな」

「わたしは、花魁からお名前は聞かされておりましたが、お会いするのは初めてです」

「そうでしたか、佳乃さんは茶屋四郎次郎家の当代のことをすでに承知でしたか」

「ですが、茶屋四郎次郎家がどのような商いでどのような御身分なのか、わたしにはよく分りません。本日お目にかかり、お似合いの夫婦になられると思いました。身請けされたあと、わたしども、根岸の別邸に呼ばれております」

　と佳乃が四郎兵衛に応えた。

「おや、そんなことまで約定されましたか。やはり佳乃さんと花魁は話が合いますな」

　と答えた四郎兵衛が周五郎に、

「八頭司さんは茶屋四郎次郎家についてなんぞご存じですかな」

「それがし、藩より聞役なる仕事を命じられ、長崎に一年ほど滞在したことがござる。その折、茶屋四郎次郎家がかつて異国との交易に従事していたことや、真かどうかは存じませぬが異国についての探索方を務める細作の陰御用が代々伝わっておると耳にしたことがあります。清方様にそのようなご様子は垣間見られませんので、おそらく作り話か昔の話でござろうと思う」

　と周五郎が応じた。

「その話にはなんとも私も答えられませぬ」

　四郎兵衛は否定も肯定もせず、

「佳乃さん、花魁の出自を承知かな」

　と話柄を転じた。

「江戸の生まれということはこれまでの話から察せられます。出自を話されたことはございません」

「身請けが決まったお方ゆえ姓名を披露してもようございましょう。藤原北家《ふじわらほっけ》富小路家傍流の末裔、相良梅香《さがらうめか》様と申されます」

佳乃は一瞬四郎兵衛の意が分らなかった。

「四郎兵衛どの、公家の血筋と申されますか」

と周五郎が問うた。梅花が江戸の生まれとは承知していたが、出自まで考えたことはなかった。

「はい。ですが、そのことを承知なのは吉原でも私を含めて数人ほど、そのうちふたりが花魁自身と清方様です。もはや茶屋四郎次郎家に嫁ぐので梅香様の出自、相良姓はこの晦日で消え、茶屋姓に変わられます」

佳乃はなぜ四郎兵衛がこのようなことを話すのか、理解がつかなかった。

周五郎も沈思していた。

「四郎兵衛様、なんぞわたしどもに御用がございましょうか」

「最前まで迷っておりました。ですが、花魁がお相手をあなた方に会わせ、身請けをされたのちも付き合いを望んでおられると聞いたとき、八頭司さん、あなたの神伝八頭司流の剣術の力をお借りしようと思いました。話を聞いて頂いてからでは、お断わりを受けかねます。迷惑とお考えなれば、この場で出来ぬと答えられませ。今後の私どもの付き合いに、この返答はなんら関わりございませんでな」

周五郎はちらりと佳乃を見て、

「師匠、そなたは承知か」

と質した。

「いえ、なんのことやらさっぱり分りません」

との佳乃の答えに、

「この御用、梅香様の身に関わる話でございますな」

「いかにもさようです」

「清方様は承知でしょうな」

「承知です」

と聞いた周五郎が首肯すると、

「お引き受けいたします」

と応じた。

四郎兵衛の話はおよそ半刻ほどかかった。話が終わったとき、周五郎はただ頷いた。

大門を出て五十間道に差し掛かったとき、佳乃が、

「周五郎さん、大変な御用を引き受けたわね」

「花魁がわれらになしてくれたことを考えれば、それがしが引き受けたことなど大したことではない」

「周五郎さんが命を張ってまで引き受けた御用は花魁のため、それともわたしのためなの」

「佳乃どの、廓内での梅花花魁との付き合いは短い月日であった。花魁はわれらの言動を信じて照降町にて花魁道中まで演じてくれたのだ。花魁のためになることは佳乃どの、そなたのためになることだと思うておる。ふたりはこれからが真の朋輩付き合いになるであろうでな」

佳乃は長い間、答えなかった、なにか沈思していた。見返り柳が見えたとき、

「ありがとう、周五郎さん」

と礼を述べた。

「礼の言葉などよい。佳乃どのはよき知己を、朋輩を得たのだ。そのような間柄

を潰そうとする輩は許せぬ」

と周五郎が言い切った。

「佳乃どの、四郎兵衛どのの御用の話、そなたの胸に仕舞いこんでくれぬか。茶屋四郎次郎清方様にも梅香様にも話さんでくれぬか」

佳乃は周五郎を正視すると頷いた。

ふたりが今戸橋まで戻ってきたとき、幸次郎が、

「よしっぺよ、えれえ待たせるじゃねえか」

と文句をつけた。

猪牙舟に乗り込みながら、

「幸次郎どの、相すまぬ。花魁と佳乃どのの間で話が弾んでな」

と周五郎が言った。

「とはいえ、そろそろ夜見世の仕度をせねばなるまい」

「それがな、梅花花魁は廓にはおられるが実際はもはや花魁の務めを果たさずともよい身分のようなのだ。八朔《はっさく》を前にしたこの月の晦日の宵の花魁道中が吉原での最後の務めとなるそうじゃ」

と雁木楼の梅花の座敷で聞いた話を幸次郎に告げた。

「ふーん、梅花花魁を身請けした果報者はどこのどいつでえ」

「船頭は地獄耳と常日頃いうておる幸次郎どのではないか、知らぬのか」

「こんな身請け話はおよそ世間に広まるものだがよ、こたびの梅花花魁の相手は、なかなか伝わってこねえな」

　と幸次郎が首を捻った。

「そうか」

　茶屋四郎次郎清方が世間に知られぬように雁木楼とも吉原会所とも内々に話を進めてきた結果、巷《ちまた》に漏れていないのであろうと、周五郎は四郎兵衛の御用と合わせて推測した。

「そうかって、梅花花魁の相手はよ、金をしこたま持った成上りじゃないのか。花魁はよくそんな身請けを受けたな」

　と幸次郎が勝手な推量を披露した。

「幸ちゃん、あと十日もすれば江戸じゅうが知ることになるわよ。わたしたちもそのときまで楽しみにしているわ」

「狒々爺でもか」

「梅花花魁が得心したお方よ、そんな言い方しなくてもいいわよ」

「よしっぺ、おれなんぞしがねえ船頭だぜ。あの照降町の道中を見てよ、身震いしたぜ。よくまあ、よしっぺは対等に付き合えるな。おれなんぞ御神木を挟んで睨み合ったらよ、ちびり小便するな」

「なんてこというの、幸ちゃん。もう付き合ってやらない」

と佳乃が冗談に言い放った。シマ界隈育ちはこの程度のやりとりは男も女も慣れていた。

「おれの嫁になるというんならさ、ちびり小便なんていわねえよ」

「出戻り女を嫁にしたいだなんて、幸ちゃん、眼はたしかなの」

「おおさ、両眼瞑ってもよ、大川下って荒布橋に着けてやるほど眼はいいぜ」

幸次郎が頓珍漢な受け答えをした。佳乃と自分のことが口の端に上ると幸次郎は上気した。

「もうそろそろ店仕舞いの刻限ね。わたしたち、半日吉原で遊んでしまったわ。明日からまたしっかりと稼がなきゃあ」

「よしっぺを身請けするのはいくらかね」

と幸次郎が冗談に紛らして佳乃に聞いた。

「あら、本気でわたしを身請けするっていうの」

「おうさ、本気も本気だ」

「梅花魁の半分てのはどう」

「なに、梅花花魁の身請け金は千両と巷で噂されているぜ。するとこっちの出戻りが五百両だって、そりゃ高いぜ」

「ならば指を咥《くわ》えて生涯よしっぺを見ていることね」

ちえっ、と言いながら幼なじみの問答はいつまでも続いた。

周五郎は黙って聞きながら、ふたりはいい夫婦になるだろうと思った。

四

その夜、周五郎が仕事場の上の中二階に上がろうとすると佳乃が姿を見せて、

「いいのね」

といきなり尋ねた。

周五郎は短い問いの意をすぐに察した。

「幸次郎どのはいい男だ」

うん、という風に佳乃が頷き、言った。

「そうよね、八頭司周五郎さんは、いつの日か照降町を出ていくんだものね」

「それがし、ただ今はこの照降町の鼻緒屋で仕事に専念したいのだ。それが照降町の復興の一助になると考えておる。まずは宮田屋と若狭屋のお店の普請ができるのが目標だな」

「分ったわ」

佳乃がさっぱりしたという表情でいい、

「一夜の夢は、やはり夢だったのね。目覚めると消えていたわ」

佳乃の言葉に周五郎はなにも答えられなかった。


次の日、佳乃と周五郎はひっきりなしに詰めかける女客を相手にひたすら鼻緒を客の足に合わせて挿げていた。この日、なぜか猫好きの客が何人かいて、うめとヨシをかまい、ひとりの客などはヨシを抱きあげたのでヨシは満足そうだった。そんな様子をうめは黙って眺めていた。

石町の時鐘が修理されて、九ツ（正午）の鐘の音が照降町に響いてきた。

客の姿も消えていた。

照降町の宮田屋と若狭屋の大普請は昔の建物を思い出させるほど進んでいた。

木場にひと揃いの切りだした柱や梁が揃っているだけに大きなお店と住まいを兼ねた普請場は日いちにちと確実に完成に近づいていた。もはや屋根も葺《ふ》かれ、内部の作業に移っていた。

その他にもシマのあちらこちらで新たな普請が始まっていた。職人衆の手配が付いたのだろう。佳乃の幼なじみのふみの実家、小網湯も元の敷地に普請が始まったと佳乃は聞いていた。

「周五郎さん、小網湯の普請場に祝いにいかなきゃね」

「湯屋は一日も早く建て直してほしいでな」

「シマじゅうがおふみちゃんちの小網湯が出来るのを待っているものね」

と佳乃が答えたところに読売屋「江戸噺あれこれ」の書き方滋三《しげぞう》がふらりと鼻緒屋に訪ねてきた。

「ご両人、なんぞネタになりそうな話はないかえ」

とふたりの顔色を窺うように尋ねた。

「うちは鼻緒屋ですよ。始終読売の話になるようなものが転がっているものですか。訪ねるところを間違えていますよ、滋三さん」

と佳乃がにべもなく応じた。

「そうかね、昨日、おふたりさんは吉原を訪ねなさったそうじゃないか」

滋三はなんの狙いもなく訪ねたのではなかった。アテがあって鼻緒屋を訪れたのだ。

「よくご存じね、過日のお礼に伺いました」

「全盛を極めた花魁と」

と言いかけた滋三の言葉を佳乃が、

「しがない鼻緒職人です。お礼に伺うのは当然でしょう」

と引き取った。

「佳乃さんよ、おまえさんは吉原三千美姫の頂点を極めた梅花花魁と遜色ないふるまいだったぜ。そのことはよ、おれの書いた読売を買った客の反応がいいのを見ても分る。それに、梅花花魁はこの月の晦日に最後の花魁道中を廓の仲之町でしなさって吉原に別れを告げる、身請けされるそうじゃないか」

さすがに早耳の読売屋だ、梅花の身請けを承知していた。

「佳乃さんよ、承知なんだろ」

「なにをです」

「梅花花魁を身請けする相手をさ」

んだがな」

「嫌でも八朔の日には相手が分るんだ。佳乃さんが聞かされていないはずはない

「存じません」

「滋三さん、なにか勘違いしていません。わたしは、ただの出戻りの鼻緒職人ですよ。栄華を極めた梅花花魁の来し方や行く末なぞ知るわけもないわ」

滋三が佳乃の返事を聞いて周五郎を見た。

「それがしは、師匠のもとで見習職人を務める身じゃ。お供したが吉原会所で師匠の用事が済むのを待っておったでな、なにもしらぬ。そうか、花魁は身請けなされるか、幸せになるとよいな」

「佳乃さんも佳乃さんだが、鼻緒屋のお侍さんも只者じゃないな」

と滋三が食い下がった。

「滋三どのと言われたか、身請けがこの月の晦日と決まっているのならばその日まで待たれぬか。さすれば梅花花魁の相手も分ろう」

「それじゃ競争相手の読売屋に抜かれてしまうんだよ」

と言い返した滋三が、

「いいかえ、おふたりさん、梅花花魁を身請けしたいという客は何人もいた。そ

のひとりは三月の大火事で全財産を失い、それどころではなくなった。もうひとりは川向こうの横川の船問屋の若旦那だがよ、二月ほど前に佃島で何者かに襲われて大怪我をした。こちらも身請けどころではなくなった。残るのはふたりのはずだが、どちらにも梅花花魁は身請けを承諾していねえとみた」

「ならばそのふたりにもう一度当たられたらよかろう」

「それがねえ。ひとりは直参旗本でな、定火消御役ゆえ屋敷のなかに得体の知れない連中が何百人もごろごろといるんだ。最前話した横川の船問屋の若旦那を襲ったのは、この連中って噂もあるくらいだ。話なんぞ聞けるものか。とくにここのところその御仁の機嫌がよくないんだよ。ということは残るひとりか」

「ならば、そのお方の身辺を調べればよいことではないか」

「このお方ならば、おまえさん方が承知と思ってさ、会いにきたんだがね、佳乃さん、ほんとうになにも知らないかえ」

「最前の返答に一言一句変わりはありませんよ」

「そうかえ、ダメか」

と言った滋三が仕事場の上がり框で座り直し、

「このところシマ界隈でな、中村座の座付き狂言作者志《し》らくさんにしばしば会うんだがな、なんぞこちらに関わりがあるかい」

「滋三さん、中村座はただ今焼失した芝居小屋の建て直しに必死だと聞きましたが、鼻緒屋と芝居小屋はあまり関わりがございません。役者衆も履物を誂える折は、親店の宮田屋か若狭屋さんですからね」

「そうか、こちらとは関わりがねえか」

と悄然とした滋三に、

「それより昼餉の刻限ですが、滋三さん、鼻緒屋の昼ごはん食べていかれます」

と佳乃が誘った。

「ただ今の滋三はめしどころじゃないんでね。小ネタひとつふたつ持って帰らねえと仲間によ、読売を白紙で出す気か、一文にもならないぜ、とからかわれるんだ」

「さようか、読売の書き方も楽ではないな」

周五郎の言葉に致し方なく上がり框から滋三が立ち上がり、

「いいかえ、佳乃さんよ。おりゃ、おめえさん方の返答に満足したわけじゃねえ。あれだけの花魁が身請けされるのだ、ひと騒ぎあるとみているのさ」

と言い残して鼻緒屋を出ていった。

佳乃と周五郎は顔を見合わせたが、なにも言葉は交わさなかった。

昼餉は具だくさんのうどんだった。

この日は不意に江戸の陽気が変わり、早冬《はや》が到来したかと思わせる寒さになった。温かいうどんがなにより美味しかった。周五郎はお代わりして二杯のうどんを食した。

「読売屋はなんの用事だったえ」

と八重が娘の佳乃に聞いた。

「梅花花魁の身請けの相手を知らないかと質しにきたの」

「えっ、花魁はほんとうに身請けされるのかね」

「おっ母さん、言わなかった。それとも聞いたけど忘れたの」

「おまえから話を聞いたかね、覚えがないよ」

と八重が言った。

「読売は読まないの」

八重はなんとか文字は読めないことはないが、職人の女房だ、読んだり書いたりは得意ではなかった。だが、ひとり娘の佳乃は弥兵衛に、

「これからの人間はよ、文字の一つも読み書きできなきゃ話にならねえ」

と幼いころからシマの寺子屋に行かされて読み書きを習った。

寺子屋でも出来のいい佳乃は、老師匠の手伝いをやらされるほど優秀だった。師匠は佳乃が十四歳の折、心の臓の病で亡くなり、シマから寺子屋は消えた。

「わたしゃ、シマのことを知っていればそれで十分だよ。梅花花魁を身請けする相手は分限者だろうね、何百両も大金がかかるよ。このシマ界隈ならば何軒も家が建つほどの金子が要ろうじゃないか。一文も持たずに出戻ってきたおまえとえらい違いだ」

「おっ母さん、嫌なことを思い出させてくれるじゃない。あんな話は大火事でさっぱり忘れていたのに、また思い出したじゃないの」

佳乃がうどんをする合間に文句をつけた。

「そうだね、悪かったよ。おまえと花魁じゃあ、月と亀だよね」

「それをいうならば月とすっぽんよ」

「ふーん、亀とすっぽんじゃ違うのかね」

と八重が言い返した。

佳乃も分らなかったようで周五郎を見た。

「すっぽんは亀の一種だ、西国では甲羅の丸い小型の亀をすっぽんと呼ぶ。まあ、亀もすっぽんも似たような種類だが、月と亀というより月とすっぽんというほうが語呂がよいのであろうな」

「周五郎さんさ、なぜ月と亀だか、すっぽんを比べるのかね」

と八重が聞く。他愛もない問答が周五郎に一家という言葉を思い出させた。

「月もすっぽんも丸いゆえ、さような譬《たと》えになったのであろうな。梅花花魁が満月ならば佳乃どのはこの界隈のお天道様じゃな」

「驚いた。八頭司周五郎さんって、口がうまいのね」

「口先だけではないぞ、そう正直思うゆえいうたまでだ」

「はいはい、そうお聞きしておきます」

と佳乃が周五郎に答え、

「おっ母さん、おふみちゃんの小網湯の普請が始まったのを知っている」

と話題を転じた。

「おお、知っているよ。シマ界隈に湯屋がないのはなんとも不便だって、魚河岸やシマの旦那衆が寅吉《とらきち》さんとおふみちゃんを手助けして、一月以上も前から湯屋を造っていると聞いたよ。わたしゃ、まだ見てないがね」

「寅吉さんは働き者だもんね」

「ああ、頑張り屋だよ。火事のあとさ、あちらこちらの旦那衆に頭を下げて回り、小網湯の普請代を集めたってよ。佳乃、おまえもさ、寅吉さんのような男が相手だったらよかったのにね」

　と八重が言った。

「すいませんね、シマのお天道様には男を見る眼がなくてさ」

うどんを食べながら母親と娘のたわいもない問答は続き、時折周五郎が絡んだ。

「そうだ、昼餉を終えたら、小網湯の普請場を見にいかない、周五郎さん」

「おお、それはよい」

「なにか手伝えることがないか、おふみちゃんと寅吉さんに尋ねてみるわ。うちは宮田屋が控えていたから、真っ先にこの家が建てられたんだもの。こんどはうちがお返しする番よ」

「そう言ったって、普請に手をつけたばかりで、足りないものばかりだろ。なにが要るかね。やっぱり金子かね」

　と八重が首を捻り、やはりそうかと佳乃は思った。

「おふみちゃんの子どもふたりの下駄くらいしか、うちでは贈れないものね。ああ、そうだ、おふみちゃんたち、どこに仮住まいしているの」

「おまえ、それも知らないのかえ。小網湯が燃えたあと、小屋を寅吉さんが造ってさ、一家で住んでいるんだよ」

「えっ、知らなかった。やっぱりおふみちゃんに会いに行こう。この前、下駄を買いに来てくれたものね。周五郎さん、いっしょに行くわよ」

と佳乃が重ねて誘った。

周五郎は頷いた。

昼餉を済ませた佳乃は、二階の自分の部屋に上がり、船商い以来、宮田屋から頂戴した十五両ばかりのうちから、二両を奉書に包んで見舞い金にした。金子を包みながら、

「そうだわ、周五郎さんに給金払ってないな」

と気付いた。

父親の弥兵衛が身罷ったこともあって、いくら周五郎に給金を払っているのか大火事やなにやで話す機会がなく、聞きそびれていた。

佳乃は、宮田屋の鼻緒挿げをする下りものの履物の値が高いこともあって、それなりの手間賃を頂戴していた。当人に給金はいくらだったのと聞くのもどうかと思い、佳乃は五両を周五郎の当座の手間賃として用意した。

照降町を親仁橋に向かいながら、宮田屋の普請場に立ち寄った。すると大塚南峰の仮診療所に人が集まり、緊張が漂っていた。

「どうしたのかしら」

「怪我人が出たのであろうか」

ふたりが人混みに近づくと、宮田屋の大番頭の松蔵が振り返った。

「なにがござった、大番頭どの」

「小網町の普請場で若い職人が誤って屋根の梁から転がり落ちたんですよ。頭は打ってないんで、死にはしないと思いますがね、腰と左足の骨を折ってね、南峰先生が見習医師とふたりで治療の最中ですよ」

「それは大変であったな。それがしが手伝うことなどあろうか」

「佳乃さんとどこかにお出かけではございませんか」

と松蔵が尋ねた。

「小網湯の普請場を見に出かけるところでござった」

「うーむ、若い職人が落ちたのは小網湯の普請場ですよ。こちらには寅吉さんが怪我した職人を運び込んできたんです」

「大番頭さん、おふみちゃんの湯屋の普請場で事故があったの」

と佳乃は驚いて聞いた。

「寅吉さんに聞いたところでは梁に立っている折に突然突風が吹いて転落したらしいのです」

「おふみちゃんは普請場にいるのでしょうか」

「亭主の寅吉さんと棟梁が診療所に入ってますよ」

と松蔵がいうところに寅吉と大工の棟梁らしい男が人混みのなかから出てきた。

「大変だったわね、寅吉さん」

「おお、よしっぺか。なんぞ手伝うことはねえかと思ったが、診療所は狭いや。大塚先生と見習医師が働きやすいように出てきたんだ」

と寅吉が佳乃に応じた。

「新しい小網湯にケチをつけてよ、迷惑かけちまってすまねえ」

と大工の棟梁が詫びた。

「棟梁、当人も好きで落ちたんじゃねえや。ケチもなにもあるもんか。あとはさ、大塚南峰先生に任せてよ、普請場に戻りねえ。棟梁がいねえと職人衆が落ち着くめえ」

と寅吉が棟梁に言った。

「ああ、そうさせてもらおう」

と棟梁が急ぎ足で小網湯の普請場に向かった。

「寅吉さん、おふみちゃんたち、大丈夫」

「うちの身内はなにもねえ。よしっぺとお侍さんはどこへ行くんだよ」

「わたしたち、小網湯の普請場にいくところだったの。なにか手伝うことがないかと思ってね」

「気遣いさせたな、うちには元気な舅と姑がいらあ。なんとか小網湯を再開したくてよ、あちらこちらに迷惑かけたのがいけなかったかね、この事故になっちまった」

最前、大工の棟梁にはああいったが、寅吉は事故を気にしているようだった。

「佳乃どの、寅吉さんと普請場に行ってくれぬか。それがし、大塚先生に手伝うことがあるかなきか、質してからなにもなければ小網河岸に駆け付けるでな」

と周五郎が願った。

「ふたりがうちの見物にくるならばさ、おふみに知らせておかなきゃ」

と言い残した寅吉が棟梁のあとを追うように消えた。

「あらあら、寅吉さんも行っちゃった。周五郎さん、わたし、先に行っているわよ」

佳乃がゆっくりと小網湯の普請場に向かったのを見送った周五郎は、診療所の人混みをかき分けた。

「そなたら、怪我人の身内かな」

その声を聞いて人混みのなかから宮田屋の手代の四之助が、

「なんの関わりもない弥次馬なんですよ。治療の邪魔になるから散ってくださいと何度も願っているんですけど聞いてくれないんです」

「なに、怪我人に関わりなき者たちか」

と応じた周五郎が体に潮の香りと魚の匂いがしみついた男たちを見回すと、

「なんだと、わしらを弥次馬と抜かしたか」

と十数人の仲間の兄貴分か、四之助の襟首をぐいっと摑んだ。

「もういちど言ってみろ。押送船《おしおくり》の安房《あわ》の団造《だんぞう》兄いをコケにしたな」

と片腕で四之助を持ち上げようとした。

魚を新鮮なうちに江戸の魚市場に運ぶ押送船の水夫《かこ》たちはどんな荒海でも乗り越えて魚を運び込むのが仕事だ。命を張った男たちゆえ、気風も勇ましく荒かった。

「く、苦しい」

と四之助が周五郎に助けを求めた。

「安房の団造兄い、言い方が悪かったなら詫びよう。宮田屋の手代さんを離してくれぬか」

と周五郎が穏やかな口調で願った。

「てめえはなんだ、詫びるには詫びようがあるってのを承知だろうな」

「金子か、それがし、鼻緒屋の見習職人ゆえ金子はないぞ」

「てめえ、職人か浪人か」

「はて、どちらかのう」

おっとりとした周五郎の態度に襟首を摑んでいた四之助を離し、団造はいきなり相撲のぶちかましで突進してきた。刀を背に差しているので素手と思ったようだ。

周五郎が安房の団造の首筋に左ひじを叩き込んだ。

団造はぶちかましの体勢のまま、くたっ、と前かがみになって気を失った。

「やりやがったな」

「団造兄いの仇」

水夫仲間が周五郎を取り囲んだとき、押送船の主船頭と思える兄さんが、

「おめえら、このお方をどなたと思っているんだ。荒布橋の御神木をよ、命を張って守ったお方、八頭司周五郎様だぞ。ただの力自慢のおめえどもなんぞ屁でもないんだよ。背中の刀が見えないか、叩き斬られるぞ」

と言い、聞いた水夫たちが身を竦《すく》ませた。

「主船頭どのか、いささか手荒に扱って相すまぬ。本日は、怪我人がおるのでな、すまぬがこの場を引き取ってくれぬか」

と周五郎が願った。

第三章　牢屋敷の騒ぎ

一

江戸の銭湯は、徳川家康の江戸入府の翌年、天正十九年（一五九一）の夏、伊《い》勢《せ》与《よ》市《いち》なる男が銭瓶橋《ぜにがめばし》のほとりに建てた銭湯風呂「銭瓶の湯」を永楽銭一文で始めたのが嚆矢《こうし》とされる。

江戸は風が強く、埃《ほこり》がひどいので毎日入浴する習わしがあった。武家屋敷以外は富豪の町人でも内風呂は設けなかった。その理由は、火事を出すことを恐れたことと薪が高く、水が容易《たやす》く手に入らないからと言われていた。ゆえに大店の女房も娘も湯屋に出かけることは恥とは思わなかった。それに一つ町内に湯屋は、二軒はあった。

文化五年（一八〇八）三月に湯屋十組仲間が成立し、男女両風呂三百七十一株、男風呂百四十一株、女風呂十一株、都合五百二十三株の湯屋が認められていたという。

江戸の湯屋は、上方と違い、屋号は付けず、小網町の湯など町名で呼ばれた。男湯の二階は元々武士が刀を預ける場所であったが、のちには客の休憩所として扱われ、茶の接待などが受けられた。

小網町の湯もまた代々続く湯屋だった。佳乃がいつか、

「おふみちゃんちの湯屋は何代目なの」

と聞いたことがあったが、ふみは、

「うちが何代目かだって、そんなの知らないわよ。ずっと昔から湯屋なの」

と答えたきりだった。

つまりはシマが出来たと同時、徳川幕府開闢《かいびやく》以来の湯屋だった。二百年以上も続く湯屋だけに火事には殊更注意していた。それと同時に、火事をもらった折に直ぐにも湯屋が建つように石積みの地下に新しい湯屋を建てる金子を貯めておくのが小網湯の仕来りであり、秘密だった。

婿に入った寅吉はそのことを知らされず、当初湯屋再建のため金の工面に走り

廻った。そのことを知った義父の岩松が寅吉ひとりを火事場に呼んで、その秘密を告げたという。

それだけに小網湯は、早々に片付けが行われて、宮田屋や若狭屋の普請に少し遅れた程度で新しい湯屋の建築が始まっていた。

佳乃は大火事のあと、父親の弥兵衛が死んだり、照降町で船商いを始めたりしたために、気がかりだったが近くにあるにもかかわらず小網湯の普請を見に行っていなかった。

小網湯は、二階家で本瓦葺き、唐破風《からはふ》のまるで神社か寺のような柱組で堂々としていた。そして、十数人もの職人衆が普請に携わっていた。

「幼いころから世話になりながら、こんな立派な建物だったのを知らなかったわ」

と佳乃が驚きの声を上げた。

その声に背中にややこのねねを負ぶったふみが姿を見せて、

「あら、見物にきてくれたのね、ありがとう」

と佳乃に声をかけた。

「おふみちゃん、ご免ね。おふみちゃんが船商いの店に訪ねてくれたのに、わたしったら普請場を見にもこなくて」

　と佳乃は用意していたふみ一家のそれぞれの履物を渡した。

「ありがとう」

「礼を言われるほどのものじゃないの、普段履きよ」

「それがうちには一番の贈りものよ」

　というところに亭主の寅吉が顔を見せた。

「寅、佳ちゃんから一家の履物を頂戴したわ」

「ありがてえ、怪我をした職人も命にかかわるほどではなかったし、不幸中の幸いだな」

　と寅吉がさっぱりとした口調で礼を述べた。

「うちの鼻緒屋と比べるのはおかしいけど、湯屋の建物は立派な造りね」

「うちのお父つぁんがね、おれが建てる最初で最後の湯屋だ。夢を叶えたいってこんなご大層な表構えになったのよ。まるでお寺さんよね」

　とふみが笑った。

「これって大変な普請代よね」

　と思わず佳乃が口にした。

なにしろ湯銭はせいぜい大人十文、子ども六文程度だ。

「お父つぁんの蓄えでは足りなくて、宮田屋さんなどから喜捨《きしゃ》を受けての普請よ。借財もあるし、寅とわたしの代で返しきれるかしら」

とふみが言った。

借財をしたという悲壮感はふみから感じられなかった。

「怪我人の治療はほぼ済んだそうだ」

と周五郎が姿を見せて報告し、

「おお、これはなかなか立派な普請にござるな」

と感心した。周五郎もこんな立派な湯屋の普請にいくらかかるのか理解がつかなかった。

「寅吉さん、おふみちゃん、立派な湯屋の建物を見たら出し難くなったけど、普請代の足しにして」

と奉書包みを佳乃が差し出した。

「なに、見舞いなら履物でもらったわよ。その上見舞金だなんて」

「柱一本にもならない額よ。うちも宮田屋さんが親店だったから、小さいながらも家を建ててもらったのは承知よね。なんとか仕事があるから食べるのには困らない。受け取って頂戴な、気持ちだからさ」

と佳乃がふみの手に押し付けた。すると、

「そうだ、よしっぺに頼みたいことがあったろう」

と寅吉が言い出した。

「ああ、あれ。佳ちゃんが造った梅花花魁の三枚歯の御神木の絵、見事だったものね」

「まさか、三枚歯を造れというんじゃないわよね」

佳乃の反問にふみが首を横に振り、

「あのね、うちの湯屋の構えがこんな風にご大層でしょ、寅と話してさ、せめて暖簾だけでもだれがみてもほっとする絵にできないかと思ったの。男湯と女湯の暖簾、梅散らしにするなんて恰好いいと思わない」

「暖簾の絵の注文か、考えもしなかったな。おふみちゃんのお父つぁん、大事な暖簾を鼻緒屋の女職人に描かせたって、文句いわないかしら」

「文句どころじゃないわ。あの花魁道中の三枚歯を見て、佳乃さんが描いたのと教えたら、仰天していたわよ。絶対よろこぶわ、考えてくれない」

しばし当惑する佳乃にふみが、

「見舞いは暖簾よ」
と奉書包みを佳乃に返そうとした。

「それはそれ、暖簾は暖簾よ。この分だと小網湯の完成までにだいぶ日にちがあるわね。暖簾の絵模様とか文字の大きさとか決めてくれたら、試しにやってみるわ。何度かお互いが得心いくまであぁでもない、こうでもないって話し合いながら作ってみましょう」

佳乃は請け負わざるを得なかった。
そんな問答を聞いていた周五郎は大工の棟梁に断わり、普請中の建物のなかに入れてもらった。

「ほうほう、これが男湯の洗い場と湯船にござるか」
と興味津々に見て回った。水を使うだけに並みの大店とは違った柱組であり、天井も宮田屋のものよりも高かった。

寅吉とふみと別れたふたりは、ついでに大塚南峰の診療所の建築現場に回ることにした。こちらの診療所も普請が進み、大塚南峰と見習医師の三浦彦太郎の居室の仕上げで顔見知りの大工頭利介たちが今日も仕事をしていた。焼失した診療所よりずいぶんゆったりとした広さに見えた。事実、倍ほど診療の場所は広いと南峰が言っていた。

「こちらも一月もすれば普請が終わりそうじゃな」

「お侍さんよ、どこぞの普請場を見てこられたか」

利介が質した。

「小網河岸の湯屋を訪ねたところだ」

「湯屋は並みのお店や住まいと普請が異なるからな、まだ出来上がるまで日にちがかかろうぜ。本式な冬がくるまでに一日でも早く出来上がると、わっしらも助かるんだがな」

と利介が言った。

そこへ治療を終えた大塚南峰が姿を見せた。やはり新しい診療所は気にかかるらしい。

「怪我人の治療は終わられたか」

「あとは彦太郎に任せてきた。怪我が治って仕事をするようになるには四月はかかろうな」

と南峰が答え、

「こちらの普請は急げば二十日あればなんとかなりそうだな」

と利介が応じた。

「ありがたい、照降町の仮診療所だがな、あちらにいつまでも居座っていると、宮田屋の普請に厄介をかけるからな」

「棟梁から一日でも早く建てろとやいのやいの言われてんだがね、こちらは三人だからな。なかなか思うように進まないのさ」

と利介が言い訳した。それでも二十日以内に引き渡せるようにすると確約した。

「シマの店のどこもが一日でも早く完成して商いを始めたいからのう。日銭を稼がねば暮らしが立たぬ」

「そういうことだ。おれたちだって、火事以来、ひたすら働きづめだけどよ、江戸じゅうのお店や住まいが消えてなくなったんだ。そう容易くできっこないからな。まだシマのお店の半分以上が手つかずだ。八百屋なんぞ船商いを真似て、均《なら》した敷地に筵《むしろ》を敷いた上に野菜を乗っけて商いを始めたぜ」

周五郎の知らぬことを利介が告げた。

「たしかに食べ物屋さんは自分たちで手作りしたお店で商いを始めているわね」

佳乃は古家具や古道具を地べたに敷いた筵の上に並べて商いをしている店を何軒も見ていた。

「それでもシマのお店の半分がここに帰ってこられないそうだ」

と利介が言い、佳乃に質した。

「鼻緒屋は最初に店と家が出来たもんな、どうだい、住み心地は」

「お陰様で文句のつけようがないわ。頭たちの頑張りで、うちのお店が最初に出来て、皆さんに申し訳ないわ」

と佳乃が済まなそうに言った。

「これで小網湯が出来れば文句なしか」

「それと宮田屋さんと若狭屋さんの大店の普請が出来れば照降町も活気づくのだけど、あちらは普請が大きいからまだだいぶかかるわね」

「当初は三月もあればなんとかなると思ったが、職人が不足でな、半年はたっぷりかかるな。ともかく、その間に鼻緒屋と船商いで宮田屋は稼ぎが出来るんだ。日銭が入るのと入らないのでは気分も違うよな。だがそれは、佳乃さんとお侍の鼻緒屋が宮田屋の仮店でなくてさ、独り立ちするまでにはまだ日にちがかかるということだな」

照降町の事情を承知の利介が言った。

「宮田屋の仕事をしようとうちの仕事をしようと鼻緒挿げに変わりないもの。宮田屋から仕事の都度手間賃をもらえるから有り難いの」

「佳乃さんはよ、親店の商いの売れっ子だ。鼻緒屋が出来たのは、おまえさん方より宮田屋にとって大きいやな」

「ともかく仕事が出来るのがうれしいの」

「ああ、そういうことだ」

佳乃と周五郎のふたりは、大塚南峰の診療所の普請場をあとにした。

「佳乃どの、シマじゅうが再起に向けて動き出したようだな。なによりでござる」

周五郎がどことなく安堵した表情で言った。

「周五郎さん、わたしったら、大変なことを忘れていたわ。わたしが三年ぶりに照降町に戻って以来、あれこれと騒ぎばかりで、周五郎さんの給金をちゃんとお支払いしていないでしょ。死んだお父つぁんと周五郎さんは、どんな取り決めをしていたの」

「給金の取り決めじゃと、さようなものはなかったな」

「えっ、そんな」

「それがしは素人の押し掛け見習じゃぞ。お店の小僧といっしょで、給金などあるものか。親方が思い出した折に金子をなにがしかくれたで、それでなんとか暮らしを立ててきた。佳乃どのが戻ってこられて、先代の親方が身罷られたが、それがし、未だ給金を頂戴できる職人ではあるまい」

「そんなことはないわ。もはや周五郎さんは照降町に欠かせない御仁よ。おふみちゃんちの見舞いを包んだ折にこのことに気付いたの。差し当たってここに五両あるわ。もう少し照降町が復興したらちゃんとした給金をふたりで話し合いましょう」

と口にしながら、そのとき、八頭司周五郎はこのシマにはいないだろうと思った。

「佳乃どの、それがし、五両などという稼ぎ仕事をした覚えはござらぬ。それがしは普段履きの紙緒を挿げる職人見習じゃぞ。さような大金を頂戴するいわれはござらぬ」

「下り物の履物の鼻緒挿げをする手間賃を月々もらえることになったの。うちは今三人が暮らしていければいいのよ。周五郎さんが手伝ってくれるからわたしは下り物の鼻緒挿げが出来て、高い手間賃を宮田屋さんがくれるのだもの、これは周五郎さんがもらっていいお金」

「そうは申すが、それがし、使い道はござらぬ」

「いえ、あるわ」

と佳乃が言い切った。

その意を考えていた周五郎が、

「頂戴してよいのだな、鼻緒屋が困りはせぬな」

「しません」

と佳乃が周五郎の手に包みを押し付けた。

堀江町とは堀留を挟んで東側の新材木町の河岸から声がかかった。堀向こうの猪牙舟から声をかけたのは中洲屋の船頭幸次郎だ。

「おい、よしっぺ、周五郎さんに付文《つけぶみ》でも押し付けているのか」

佳乃が振り向いて、

「船頭って眼がいいわね」

「おおさ、船頭の命は眼が利くことと耳がいいことだ」

客待ちでもしている風情の幸次郎に、

「うちのお父つぁんたら、周五郎さんの給金を決めてなかったのよ。二年分の給金など支払えないけど、ささやかな手当てをようやく受け取ってもらったとこよ。

幸ちゃんたら妙なところに首を突っ込むわね」

と佳乃が言った。

「ほうほう、弥兵衛さんらしいな。ケチじゃねえがよ、お侍さんに銭など渡すのは失礼と思ったんじゃないか」

「そうね、そんなこと考えもしなかったのよ。でも、思い出した折にわずかなお金は渡していたそうよ。職人のお父つぁんがなにを考えていたかなんて、分りっこないわね」

「ああ、親父さんの新盆も過ぎたな」

「過ぎたわね」

「おお、そうだ。八頭司さんよ、小伝馬町《こでんま》の牢屋敷が完成したそうだぜ。川向こうの大番屋なんぞにおいていた咎人《とがにん》を今日から少しずつ連れてくるとよ。御用船が大川を行き来しているぜ」

と事情通の幸次郎が言った。

「ということは牢屋敷の道場もできたのであろうか」

「そこまでは知らないや。宮田屋の土蔵の前での稽古も終わりだな」

と幸次郎が応じたところに、

「船頭さん、お待たせしましたね」

と粋な形の役者衆が幸次郎に声をかけた。

「勘四郎《かんしろう》さんよ、知り合いとお喋りしていたところだ、大して待っちゃいねえよ」

中堅の役者として今評判の中村勘四郎だと佳乃は気付いた。

「おお、照降町の大看板のおふたりですか。佳乃さん、梅花花魁との御神木での共演見せてもらいましたよ。私ども仲間の役者は、あのふたりの無言劇には敵いませんと、言い合っておりますよ」

「勘四郎様、梅花花魁を見倣っただけでございます。素人ゆえ、ただ必死に梅花花魁に感謝を申し上げていただけです」

「いえ、それがね、私ども役者にはなかなかできませんのさ。佳乃さんにはあれこれとお世話になりそうです。中村座再開の折は芝居小屋にお仲間とお出でくださいな」

と応じて幸次郎の猪牙舟に乗り込んだ。

佳乃は堀江町の河岸道から腰を折って中村勘四郎を見送った。

「師匠、照降町は鼻緒屋の佳乃なくして夜も日も明けぬようだな」

「出戻り女が妙なことになったわね。周五郎さんはただ今の勘四郎丈をご存じ」

「役者衆のようだな」

「今売り出しの中村勘四郎さんよ」

「ほう、人気役者か。どうりで姿勢はすっきりしていいし、品がござるな」

「わたしにも、その品を分けてもらいたいくらいだわ」

佳乃の言葉に周五郎が笑った。

照降町の若狭屋の普請場では忙しく職人衆が働いていた。

「八頭司さん、鼻緒屋を中間風の男が訪ねておられましたぞ」

と大番頭の新右衛門が言った。

「それがしに用事であろうか」

と問い返しながら鼻緒屋に中間が訪ねてくるとしたら、小倉藩江戸藩邸かと、周五郎は思った。

佳乃が不安げな顔で周五郎を見た。

「それがしに用事の者と決まったわけではないでな」

と言いながら照降町の奥へと進むと、こんどは宮田屋の大番頭の松蔵がふたりを待ち受けていた。

「小網湯と南峰先生の普請場を見物に行っておりました」

佳乃は、店を一時留守にした曰くを述べた。

「どうですな、南峰先生の診療所はほぼ目処が立ったでしょう。小網湯は、うちといっしょくらいかな。本式な冬になる前に湯屋が出来てほしゅうございますな」

と言った。

その松蔵は周五郎が鼻緒屋を気にかけているのを見て、

「中間さんは八頭司さんに御用でしたよ。ですが、八頭司さんが案じられているほうではございませんでな、牢屋敷からお呼び出しです」

と気遣いした。

「おお、そちらでしたか。安心致した」

「並みの人ならば牢屋敷からのお呼び出しには震えあがりましょう。牢屋敷の剣道場が出来たそうで、剣道場を見にこいとの元鉄炮《てっぽう》町一刀流武村《たけむら》先生の遣いですよ」

と言った。

「牢屋敷が完成したと船頭の幸次郎どのから聞かされたばかりだ。そうか、もう咎人を小伝馬町の牢屋敷に連れ戻しておるくらいゆえ剣道場もできたか」

「周五郎さんや、昼前は立て込んでおりましたが、昼過ぎはさほどの混雑ではなさそうです。うちの番頭や手代に代わりをさせますでな、この足で小伝馬町に行かれてはどうですな」

と松蔵が佳乃の許しを得ようとした。

「大番頭さん、なんの差し障りもございません」

と松蔵に応じた佳乃が、

「本日は普請場めぐりね。最初はおふみちゃんの小網湯、次が大塚南峰先生の診療所、さらに若狭屋さん、締めが小伝馬町の牢屋敷。周五郎さん、ずいぶんいろいろな普請場を見物するわね」

「大火事のあとでなければ、かような普請場めぐりはできませんな」

と松蔵が笑った。

「佳乃どの、よろしいか」

「むろんよ、夕餉までには戻ってきてね」

佳乃が照降町の宮田屋の普請場の前で周五郎を見送った。

小伝馬町付近にきて、焼け跡のなかに建つ牢屋敷の威容が周五郎の眼に飛び込んできた。

二

牢屋敷の周りは西北を流れる龍閑《りゅうかん》川の他はすべて町屋だ。ために牢屋敷の、上に忍び返しのついた高塀と門が猛々しくも厳めしく目立った。

町屋の何軒かはすでに完成していたが、大半が普請中か焼失したまま更地にしただけだった。それだけに町奉行所支配下の牢屋敷に圧倒された。

表門に立った周五郎はしばし佇んで新築なったばかりの牢屋敷を見ていた。

あの大火事の折、牢奉行石出《いしで》帯刀《たてわき》の判断で解き放ちになった囚人らの大半は三日後に指定された場所に集まってきた。だが、強盗や殺人など重犯罪者の多くが解き放ちをよいことに江戸を離れて逃げていると周五郎は聞いていた。周五郎も照降町に現れた数人の咎人を捕まえて玄冶店《げんやだな》の御用聞き準造《じゅんぞう》親分に引き渡していた。

周五郎が見ている前で先の大火事が発生した折に解き放ちになった面々が新し

く建築なった牢屋敷に役人に伴われて入牢していく。これまで川向こうなどの番屋に分散して過ごしていた連中だ。

鉄炮町の一刀流武村道場の師範を務めていた折の門弟の大半が牢屋敷の同心らであった。その関わりで牢屋敷に大火事を機会に新しく設けられた剣道場の師範をと、道場主だった武村實篤《さねあつ》に乞われていた。だが、牢屋敷を訪れたことはこれまでなかったこともあって、いかめしい黒塗りの高塀と表門に訪いを告げられないでいた。

「おお、八頭司師範」

と門の中から声がかかった。

見ると武村道場の門弟だった牢屋同心の磯貝達之助《いそがいたつのすけ》だった。

「おお、磯貝どのか、武村先生に呼ばれて伺ったのじゃが牢屋敷は初めてでな、どうしたものかと迷っておった」

くすくすと笑った磯貝達之助が、

「牢屋敷になじみがあるのは悪たれどもです。大半の江戸の住人は縁がございますまい。さあ、こちらへ」

と牢屋敷の門番に何事か告げて、表門を潜《くぐ》ることになった。

「八頭司師範、正面が穿鑿所《せんさく》、つまり牢屋敷の御用部屋でございましてな、左手の内塀の向こうと穿鑿所裏手に各種の牢屋がございます。右手の奥が牢奉行石出帯刀様の屋敷でございます。牢奉行屋敷と同心長屋の間に初めての剣道場が建てられました」

磯貝が表役人長屋の前を通って剣道場に案内していった。

牢屋敷の敷地内にも内塀があって、初めて牢屋敷に連れてこられた者はそれだけで震えあがってしまうだろうと周五郎は思った。

剣道場は同心長屋の内塀に接して設けられていた。簡素な入口の向こうに広い板の間が見えた。

「こちらが新しく設けられた剣道場にござる」

と磯貝が教えた。

周五郎はいかめしい剣道場をただ言葉もなく見ていた。

以前の武村道場は確かに牢屋敷の同心らが門弟の大半だったが、界隈の浪人や町人たちも稽古に通ってきていたので、和やかな雰囲気があった。道場主の人柄もあっただろう。これでは牢屋敷の門弟以外が出入りすることは出来まいな、と周五郎が考えていると、

「おお、師範、見えたか」

鉄炮町の一刀流道場主だった武村が周五郎を認めて声をかけてくれた。

「はっ」

と返事をした周五郎が三段ほどの階段がある玄関から稽古場に入った。

一応見所らしいところがあり、神棚も設けられていた。榊が飾られた神棚の前に周五郎は座して拝礼した。

立ち上がった周五郎は剣道場を見回した。

七十畳あるかなしかの道場だが、牢屋敷の役人だけの稽古場としては十分な広さだった。

「師範、牢奉行の石出帯刀どのを紹介しよう」

小伝馬町牢奉行を代々世襲で務める石出帯刀に周五郎を引き合わせた。

周五郎は頭を下げて、

「八頭司周五郎と申す」

と応じた。その挙動を観察していた石出が、

「豊前小倉藩小笠原様の重臣八頭司様の次男じゃそうな」

と質した。

牢屋敷の剣道場の師範に推挙された周五郎の出自を調べたのだろう。

「はい」

「また町屋の照降町で変わった仕事をなされているとか」

「鼻緒屋にこの二年ばかり勤めて鼻緒挿げの見習職人をしておりまする。かような履歴のそれがしが町奉行所と関わりのある牢屋敷の剣道場の師範を務めてよいのでござろうか」

と周五郎は問うた。

「牢屋敷に剣道場が設けられるのは初めてのことじゃ。まあ異論がなかったといえば嘘になる。だがな、鉄炮町で長年道場を開かれていた武村先生の強い推挙と、門弟であった同心どもが、『八頭司先生ならば牢屋敷の剣術師範にうってつけ』と評しおるのでな。かようにお招きした」

と石出帯刀が言った。

どうやら牢奉行としては周五郎に道場の師範を務めさせることを迷っているような口調だった。

「八頭司どの、どうだ、久しぶりに門弟衆に稽古をつけてみぬか」

と武村が言った。

武村としては周五郎を推挙した手前、牢奉行石出帯刀にその技量を見てほしいのだろう。

よく見ると剣道場に集まっている牢屋同心のうち、武村道場でもそれなりの腕前の者を中心に五人ほどが真新しい稽古着で竹刀を握っていた。

「八頭司師範、われら火事騒ぎのあと、まともに稽古をしておりません。ぜひ願います」

牢屋同心のなかでも腕の立つ蔵内甚五郎が周五郎に願った。

「それがし、この形《なり》じゃがよろしいか」

「師範の稽古着を用意していますが、われら相手に稽古着に替える要はございますまい」

と蔵内が言った。

もうこうなると周五郎も覚悟するしかない。

「蔵内どの、それがしの刀、見所の端に置かせてもらってようござろうか」

「構わぬ」

と応じたのは石出帯刀であった。そして、周五郎の刀の造りを興味津々に見ていた。

「石出様、この者の差し料、同田貫上野介じゃそうな」

と武村が告げた。

「ほう、肥後の鍛冶が鍛造の刀は新刀ながら頑健にして切れ味凄しと聞いておる」

とさらに関心を示した。

「父から譲りうけた刀でござれば、本物かどうかさえ分りません」

と応じた周五郎は、竹刀を手に五人と向き合った。

牢屋同心畠中伊三郎ら四人は鉄炮町の武村道場で顔見知りの間柄だ。だが、五人目の同心の顔には見覚えがなかった。

この五人目の同心の腕がもっとも確かと周五郎は感じとっていた。男は畠中ら他の四人とは間を置いて立っていた。

「畠中どの、久しぶりかな」

「師範、お手柔らかに」

と一番手に名を呼ばれた畠中が張り切って新しい道場の真ん中に出てきて竹刀を上段に構えようとした。

「牢屋敷武村道場での初稽古にござろう」

と周五郎が神棚に向かって拝礼した。慌てて竹刀を下ろした畠中が周五郎を見倣い、他の四人も真似た。

周五郎は畠中と向き合うと、

「気合抜けしたかな。今一度気持ちを集中して構えなされ」

「はっ、はい」

と応じて、しばし瞑目した畠中が両眼を見開き、

「よし」

と自らに気合を入れると得意の上段に竹刀を上げた。

畠中は、周五郎とほぼ背丈が同じで六尺近くあった。それが上段に構えると遠目にはなかなかの迫力に見えた。だが、足腰を鍛えていないので上体だけの構えだ。まして、この四月余り稽古から遠ざかっていた。

「えいっ」

と気合を発した畠中が一気に間合いを詰め、正眼の構えで微動もしない周五郎の脳天に腕力だけでふり下ろした。間合いに入った畠中の振り下ろす竹刀を周五郎の正眼に構えた竹刀が、そよりと動いて軽く弾くと、畠中は前のめりに道場の床につんのめった。

「なんじゃ、畠中、そのほう独り相撲か」

と石出帯刀が呆れ声を出した。ふたり目から四人目までは周五郎の竹刀と叩き合うこともなく床に転がったり、尻餅をついたりして事が終わった。

「この数か月、体をいじめなかったツケにござる」

と悄然とした四人の門弟にいうと、五人目が、

「ご指導願う」

と周五郎の前に立った。

背丈は五尺七寸余か、がっちりとした足腰をしており十分な剣術の修行を積んでいることを周五郎は察知した。歳は周五郎より五つ、六つは上かと思えた。

「それがし、お手前とは初めてかと存ずる。間違いなればお許し下され」

牢屋同心は五十人が定員で、大半の牢屋同心が鉄炮町の稽古に姿を見せたため、周五郎はほぼ承知していた。

「いや、師範とは初対面にござる。それがし、南町奉行所牢屋見廻同心日比野《ひびの》宗《むね》親《ちか》にござる。そなたの話は同輩同心波津《はづ》兵衛《ひょうえ》より聞かされておってな」

牢屋見廻同心と牢屋同心は、所属する組織が違った。

牢屋見廻同心は町奉行所所属の一同心であり、牢屋同心は牢屋奉行配下、その

牢屋奉行は町奉行配下ゆえふたつの同心は対等な立場ではなかった。牢屋同心を町奉行所同心は一段も二段も低く見ていた。その町奉行所同心が牢屋同心に伍して周五郎の前に立っている。

(これは稽古ではない、勝負を求めている)

と周五郎は受け取った。

「波津どのの御同輩であったか。ならばそれがしが知らぬのは当然でござるな。お手柔らかに願おう」

と竹刀をこれまでと同じ正眼に構えると日比野も相正眼を選んだ。なかなか重厚な構えで、隙が見られない。だが、攻めの様子は見えなかった。

「八頭司どのは、神伝八頭司流なる八頭司家秘伝の剣術の奥義の会得者とか」

と日比野が周五郎に話しかけた。

「秘伝の剣術とか、奥義のうんぬんとかご大層な剣術ではござらぬ」

と応じた周五郎は、

(厄介な相手じゃぞ)

とも考えた。

勝ち負けを超えたところで決着をつけることができるか。とはいえ、周五郎に勝ちを得る自信があるとはいいきれなかった。話を長引かせることだと、周五郎は咄嗟に思った。

「日比野どののご流儀をお聞きしてよろしいか」

「柳生新陰流《やぎゆうしんかげ》流にござる」

柳生流ともいわれるこの流派の始祖は柳生石舟斎宗厳《せきしゆうさいむねよし》だ。町奉行所の同心が大和柳生発祥の剣術の修行者とは珍しいといえるだろう。それも牢屋見廻同心とはいかなる所以《ゆえん》があってのことか。

「部屋住みのそれがしがお相手できるとも思えぬ。ご指導賜ろう」

と周五郎が正眼に構え直した。

相手の日比野は、最前からの構えを直す様子もなく、両者は、対戦者の両眼の間に竹刀の先をつけた。

牢屋敷武村道場の気がぴりりと引き締まり、緊張が支配した。

見所の武村實篤は焼失した鉄炮町の道場の見所に座すと同じく、長閑《のどか》な表情で対戦を見ていた。だが、牢屋敷に剣道場を設けることを町奉行に願い出た石出帯刀は、上体を乗り出すようにふたりの構えに見入っていた。剣術がよほど好きなのであろう。

微動もせぬ時が過ぎていく。

畠中ら牢屋同心の門弟らは、息をつめて対戦を見つめていた。

四半刻も過ぎたか、日比野宗親の顔がわずかに紅潮してきた。

着流しの周五郎の裾が玄関から吹き込む冷風に戦《そよ》いだ。

その瞬間、日比野が気配も見せずに飛び込み、先手をとって周五郎の面を打った。周五郎の不動の竹刀が動きかけた瞬間、

ばしり

と日比野の竹刀が周五郎の額を叩いていた。

道場になんともいえないどよめきが一瞬起こり、直ぐに静まった。

周五郎が竹刀を引くと、その場に座して、

「ご指導ありがとうございました」

と立ったままの日比野に一礼した。

なにかを言いかけた日比野が手にしていた竹刀を床にぽろりと落とすと、その足で道場から出ていった。

漠とした微妙な気配が道場を支配していた。

周五郎は竹刀を手にしたまま見所に行くと、石出帯刀の前に座し、

「石出どの、それがしの剣術はご覧になったとおりの技量にございます。それがし、牢屋敷武村道場の師範を務めてよいのでござろうか」

石出帯刀が武村を見た。

「いかがお考えか、武村先生」

「見てのとおり、あれは稽古の一環にござろう。真剣勝負ではなし、なんぞ差し障りがござろうか」

と武村が石出に尋ね返した。

「いや、差し障りは一切ござらぬ」

と石出が応じた。

「ならば新しい牢屋敷道場の道場主は武村實篤、師範は八頭司周五郎でよいかな」

「異論はござらぬ」

との牢奉行の言葉に改めて稽古が始まった。

半刻ほど道場開きの稽古が続き、終わった。

畠中らは牢屋敷の仕事へと戻っていった。

周五郎も照降町に戻ろうと見所に置いた剣をとりに行った。すると見所に残っ

ていた石出帯刀が、

「八頭司どの、父御に譲られたという同田貫上野介をわしに拝見させてくれぬか」

と願った。

「どうぞご覧くだされ」

同田貫は、肥後熊本城主加藤清正に仕えた一派が鍛造した実戦刀だ。

父の清左衛門が周五郎に譲った同田貫は、刃長二尺五寸一分、反りは四分三厘、一見直刀に見えるほどだ。

石出帯刀が子細に見て、

「この豪刀を遣いこなす者が町奉行所の牢屋見廻同心風情に引けをとるはずもなかろう」

と呟いたが、その場にいた武村實篤も周五郎もなにも答えなかった。

周五郎は独り小伝馬町の牢屋敷道場から照降町へと戻りながら思案していた。

牢奉行石出帯刀は、周五郎の豪刀を鞘に納めたあと、

「八頭司どの、そなた、最前の日比野との勝負、加減をなされたか」

と険しい口調で質した。

「いえ、さようなことは」

「していないと言われるか」

「武村先生が申されるようにあれは稽古の一環にございます。勝ち負けを求めてもなんの意味もありません。叩かれて他人の技に気付き、叩いて対戦者のやり方を覚える。それだけのことです。違いましょうか、武村先生」

道場には三人しかいなかった。

「いや、師範のいうことが正しゅうござる。石出どの」

と周五郎の考えに賛意を示した武村が、

「それともあの御仁になんぞ曰くがございますかな」

と質した。

「曰くというか、南町奉行所内で日比野どのが浮いていることは確か。とはいえ、八頭司師範になんぞ遺恨を抱いているとも思えぬ」

「代々南町奉行所の同心かのう」

町奉行所の同心は一年かぎりだが、任期中になんら差し障りがなければ、直属上司の与力が、

「長年申し付ける」

　と次の年も同心職を務めるよう申し渡す習わしがあった。

「武村先生、あの者、町奉行所外からの婿入りでしてな、南町奉行所では公儀のお偉方の密偵ではないかとの噂が流れているそうな」

「ただ今の南町奉行筒井《つつい》政憲《まさのり》様になんぞ悪い噂がございますかな」

「武村先生、それがし、町奉行支配下の牢奉行ですぞ」

「さようなことは知らぬと申されますか」

「うーむ」

　と石出帯刀が唸り、

「筒井様はそれがしには公明なるお奉行でござる」

　と言い足した。

「本日、それがしがこちらの剣道場に参ることを日比野どのは承知でしたか」

　と周五郎が口を挟んだ。

「いや、この剣道場開きは、急にわしと石出どのの話で決まったことでな。それでそなたを急ぎ呼んだのだ」

「牢屋見廻同心どのはちょうど見廻りに来ておられていたゆえその折知られたの

ではないかのう」

と石出帯刀が言った。

「すると日比野どのはそれがしがこちらに来ることを承知で対戦者五名に名乗りを上げられましたか」

「おお、最初は牢屋敷の剣道場ゆえ武村先生の門弟であった牢同心五名と稽古をすることになっておった。それがな、『おおー、照降町で名を上げた八頭司どのが師範として参られるか、ならばそれがしも』と強引に五人に名を連ねられたのであったな」

と石出帯刀がその模様を語り、

「となると日比野どのは八頭司周五郎師範の技量に関心があったか」

と武村が首を捻った。

だが、石出帯刀も武村實篤も日比野についてそれ以上のことは知らなかった。

周五郎は兄が死んだことに絡んで実弟の自分の身辺を探っているのかと考えてみた。だが、南町奉行所の牢屋見廻と譜代大名の家臣の部屋住みとの関わりが分らなかった。だが、この先気にかかることがあれば、南町奉行所定町廻同心波津兵衛に聞いてみるかと、周五郎は胸の懸念を打ち消した。

三

周五郎は堀江町に普請中の大塚南峰の診療所にこの日二度目になる訪問をした。いつもは、南峰が普請の様子を見に来ている刻限だったが、その姿は見えなかった。そこで照降町の仮診療所を訪ねると、疲れ切った南峰が寝所である宮田屋の一番蔵の入口の石段に腰を下ろして煙管を吹かしていた。

「お疲れの様子ですね」

「職人衆も仕事が多忙で疲れておるのかのう。肩の骨がいささか厄介な折れ方をした怪我人でな、半年、いや一年ほど仕事はできまいな」

と言った。

「この界隈の住人ですか」

「いや、荷船の船頭だ。不意に波をくらって船から落ちたところに隣の船が寄ってきたので二艘の船に挟まれてしまったのだ」

「えらい災難でしたな。仕事に戻れるようになるとよいのですがな」

「それだ。なんとかそうなってくれるとよいがな」

怪我人は仲間たちに戸板に乗せられて川向こうの船問屋に運ばれていったという。

「本来ならば数日はわしが面倒をみられるところにいるとよいのだが、なにしろ仮診療所は狭いでな、それもできまい」

「だいぶお疲れの様子ですぞ、南峰先生」

「うむ、そなた、どこぞに行っておったか」

「小伝馬町の牢屋敷が出来上がったというので、武村先生に急に呼び出されておったのです」

「おお、早くも出来上がったか」

「南峰先生、それがし、牢屋敷に新しくできた剣道場を見てきたのです。稽古は明日からでも出来るようになりました。武村先生が道場主で、それがしがこれまでどおりに師範として奉仕することになりました」

「それはよかったではないか」

「大塚南峰先生、明日、それがしと小伝馬町まで朝稽古に行く元気がございますかな」

「あるかのう」

と南峰が疲れ切った顔で首を捻った。

「無理をなさることはありません。先生は仮診療所でよう働いてこられましたからな。ちゃんと体を休められる診療所が出来たのちに、牢屋敷の剣道場に参られるとよろしい」

堀江町の診療所を兼ねた住まいに寝泊まりできるようになるまで七、八日だと大工頭の利介が先ほど言っていた。

「そうじゃのう、そう致そうか。新しい診療所と住まいに寝泊まりできるようになれば、気分も落ち着くがな」

と南峰が応じたところに佳乃と宮田屋の手代の四之助が姿を見せた。

ふたりの問答が聞こえていたのか、

「南峰先生、当分無理をしないことね、先生が病にでもなったら、シマ界隈の住人が大困りだもの」

と佳乃が忠言した。

「留守を致して相済まなかった、仕事は何事もなく終わったようだな、師匠」

「本日も満員盛況よ、よく働いたわ。四之助さんたちが手伝ってくれたから周五郎さんが気にしなくても大丈夫よ」

「今日は思いもかけず昼過ぎから休む暇もないくらい忙しい日でしたね」

と四之助が言った。

「この賑わい、いつまで続くかしら」

佳乃がいい、四之助が本日の売り上げを大番頭に報告すると言い残して松蔵を探しに行った。

周五郎はふと思いついて佳乃に願った。

「おかみさんは夕餉の仕度を終えられたかな」

「いまやっているわ。どうしたの」

「南峰先生と見習医師の彦太郎さんを鼻緒屋の夕餉に誘えぬかと思ったのだ。昼間は仮診療所で病人、怪我人の診察や治療、夜は土蔵で寝泊まりしておられるでな、かなり疲れておいでだ。それでふと思い付いた」

「ふたりくらいならなんとかなると思う。そうよね、南峰先生方の仕事は人間相手、大変なんてものじゃないわよね。寝床も土蔵では熟睡できないわね」

と応じた佳乃が、

「おっ母さんと話してくる」

と宮田屋の普請場から鼻緒屋へと戻っていった。

「小網湯が一日も早くできると助かるがのう」

土蔵の一番蔵の前に周五郎と佳乃の問答を聞く元気もなく腰を下ろしていた南峰がぽつんと呟いた。すると彦太郎が、

「先生、地引河岸で古船を改装して湯船を造ったと聞きました。入らせてもらえるかどうか聞いてきましょうか」

といい、南峰の返事を待たずに荒布橋のほうへ走っていった。

「船を利用して湯屋だと。古船に風呂釜を据え付けて、湯船が容易く出来るものであろうか」

と南峰が首を捻った。

「素人では無理でしょうな。湯屋の職人も大忙しでしょう」

と周五郎がいうところにまず佳乃が戻ってきて、

「おっ母さんが急に張り切ったわよ、今晩は南峰先生らが加わって五人の賑やかな夕餉になるってうれしそうよ」

「おお、われら、南峰先生と彦太郎さんと一緒に夕餉が食せるか、よかったな。先生、気分を少しでも変えてくだされ」

周五郎がいうところに松蔵が四之助と姿を見せて、

「本日もなかなかの客足で、売り上げもなかなかのものでしたな。佳乃さん、周五郎さん、ご苦労さんでした」

とふたりに礼を述べた。

「大番頭どの、それがし、本日はあのあとずっと留守を致し、師匠の手伝いをしておらぬのだ。明日からはいつものような暮らしに戻しますでな、お許しくだされ」

と周五郎が詫びた。

「牢屋の剣道場はどんな具合でしたな」

松蔵は周五郎に質した。

「それがし、小伝馬町の牢屋敷の門を初めて潜りました」

と前置きした周五郎が剣道場の様子などを告げていると、佳乃は、母親の手伝いをすると言い残して店に再び戻っていった。牢屋敷の訪問の経緯は夕餉の折に聞くつもりだろう。そこへこんどは彦太郎が走り戻ってきて、

「南峰先生、八頭司さん、地引河岸の船湯はすごい人気ですよ。八頭司さんと南峰先生ならばどうぞと魚河岸の兄さん連に許しを貰いました」

と告げた。

「なに、地引河岸の船湯がほんとうに出来ましたか、入れるのでしょうな」

と松蔵も話を知っていたらしく応じた。

「百聞は一見に如かずです、大番頭さん」

と彦太郎が得意げに言った。

「南峰先生、行ってみませんか」

と周五郎が誘った。

「船湯な、聞いたこともないが話のタネに覗いてみるか」

と南峰が土蔵の石段からよろよろと立ち上がった。

「土蔵は私が留守番していますからね」

四之助がいい、松蔵はその日の売上げを土蔵の奥の納戸へ仕舞いにいった。

普請もあって照降町の夕刻は、ほっとしながらも多忙な刻限だった。彦太郎がふたりを案内して地引河岸に向かった。

周五郎は途中で鼻緒屋に立ち寄り、佳乃を呼んで刀を預けた。事情を知った佳乃が、

「おふたりさんの着替えはどなたかに持っていってもらうわ。手拭いは持っているんでしょうね」

「大火事のあと、手拭いは常に携えている」

と周五郎と南峰のふたりが応じた。

「船を使った湯船ってどんなものかしらね。さすがに女湯はなさそうね」

佳乃も船湯に関心を示した。

「師匠、われらが船湯に入れて頂いたら報告いたす」

丸腰に手拭いを手にした蘭方医と周五郎が荒布橋を渡って地引河岸に行くと男たちがわいわいと騒ぐ声がした。

「南峰先生、真に船湯がありましたぞ」

「水は汲みいれたとしても、湯をどうして沸かしたのであろうか」

とふたりが言い合った。

「おお、照降町の先生と鼻緒屋のお侍さんがきたな。おまえさんら、地引河岸で湯に入ったことがあるか」

と魚河岸の兄さんのひとりがふたりに質した。

「初めてでござる。ほんとうに湯にござるか」

地引河岸の一角では数か所で焚火が行われていた。とはいえ、船を利用した湯船に繫がっているわけではない。どうしたら湯になるか周五郎も南峰も訝しく思

った。すると兄さん株が、

「いいか焼石を船湯に放り込むぞ」

というと金網に包んで焚火のなかに入れていた石を手鉤で摑み、舳先《へさき》と艫付近に放り込み始めた。すると、
じゅっ
という音がして濛々《もうもう》とした湯気が立ち上っていく。冷めかけた湯が直ぐに温まったようだ。

なんとも豪快極まる船湯だった。

「南峰先生よ、大怪我人の治療だったってな。ご苦労さん、船湯に入れば疲れなんぞふっ飛ぶぜ」

船湯の傍らには板張りがあって脱衣場になっていた。交代で入る魚河岸の兄さん連中が日本橋川の傍らですっぽんぽんになって船湯に飛び込み、

「お、あちちぃ」

とか、

「おお、気持ちいいぜ」

と叫びながらもなかなかの湯加減の船湯に浸かった。

さすがに武士の出の周五郎と蘭方医の大塚南峰は、まっ裸というわけにもいかず、六尺褌をつけたままかけ湯をして船湯に入った。

船湯からは間近に普請中の日本橋が見えた。

「おおー、絶景じゃな。恐縮至極ながら湯から千代田のお城が望めるぞ」

と南峰が感に堪えたという表情で言った。

「大塚先生よ、大火事でもなければ日本橋の傍らで湯になど入れないよな、たちまち町奉行所の役人にとっ捕まるな」

と先に入っていたひとりが言った。

魚卸問屋相模《さがみ》屋の恒五郎《つねごろう》親方だった。

「親方、大火事以来、この界隈で湯に浸かったのは初めてじゃな。わしはこの景色を見ながら湯に浸かれるなら、町奉行所の役人にとっ捕まってもよいぞ」

「ただ今の間だけのお目こぼしだ。それもこれも鼻緒屋の佳乃さんとよ、お侍さんが御神木の梅の木を守り通したお陰よ」

と恒五郎が周五郎を見た。

「いや、われらふたりの力ではござらぬ。シマ界隈や魚河岸のご一統が力を合わせたから、あの梅の木が守られたのでござろう。親方、今朝、見たらな、梅の実がいくつか残っておったぞ」

「そうか、梅の実がな。梅も火事に驚いて狂ったか」

船湯に浸かった連中は普請中の日本橋から荒布橋の梅の木に視線を移した。すると橋の上に佳乃がいて、手に抱えたふたりの替え着を振った。どうやら佳乃自ら届けに来たようだ。

「佳乃さんよ、女湯があるといいがな、こればかりはな」

と恒五郎親方が声をかけた。

「寅吉さんとおふみちゃんの小網湯が出来るまで我慢するわ」

と叫んだ佳乃が船湯に歩み寄り、その場にいた兄さんに大塚南峰と周五郎に着替えを渡してくれるように願った。

周五郎は夕餉のあと、自分が仕事部屋の上の中二階の部屋に引き込んだのち、佳乃が湯を沸かして湯あみしていることを承知していた。

「恒五郎親方、大塚先生と周五郎さんに船湯を使わせてくれてありがとう」

と礼を述べて鼻緒屋に戻る佳乃の背を見ていた恒五郎が、

「よしっぺが戻ってきて一年も経たないうちにあれこれとあったな、火事を始め、いい話はねえ。いや、花魁道中があったな。それによ、よしっぺだけは日に日にいい女になっていくな、そう思わないか、お侍さんよ」

と周五郎に話を向けた。

「わが女師匠にござるか。いかにも鼻緒職人として頭角を現して、今や宮田屋の稼ぎ頭でござる。三年の修業が実を結んだのでござろう」

「ほう、よしっぺのあの三年は修業かえ。いかにもただ今の佳乃さんを見ていると、別人だもんな。難儀がよ、宮田屋の売れっ子鼻緒職人に育て上げたかね」

「親方どの、それがし、そう思うておる」

周五郎の言葉にうんうんと恒五郎親方が頷き、

「弥兵衛さんに今の佳乃さんを見せたかったぜ」

と言い添えた。

周五郎と大塚南峰が鼻緒屋に戻ると、

「船湯はどうだったえ」

と八重がふたりに質した。

「われらふたりだけ、船湯に入れてもらい、皆さんに申し訳ない気持ちじゃが、いや、湯のなかから普請中の日本橋や千代田の城を、その上、荒布橋の御神木まで眺められてな、なんとも至福でござった」

「火事がなければ地引河岸で船湯なんて許されないわね」

と佳乃が母親に代わり答えた。

「いかにもさよう」

と応じた周五郎が、

「焚火で焼いた石を水に放り込んで湯にする方法は、安房の押送船の船頭が教えてくれたそうだ。だがな、魚河岸のご一統はなかなか機転も利くうえに考えが豪快でござるな。古船を使って湯船にするなど、だれも思いつくまい。われら、そのお陰で極楽を経験させてもらった」

といい、大塚南峰を一階の居間に招じ上げた。

台所では、八重と見習医師の三浦彦太郎が折敷《おしき》膳を並べていた。そこへ佳乃が加わった。

「大したものはないよ。宮田屋さんからさ、鯖の味噌漬けを頂戴してね。それに衣被《きぬかつぎ》の煮物、浅漬けの大根、おみおつけくらいだよ」

と八重と彦太郎が膳を運んできた。

佳乃は角樽《つのだる》の栓を抜いた。弥兵衛が亡くなったとき、数少ない弔い客が持参した酒が残っていた。それに引越した際に宮田屋からももらっていた。

「八頭司さんや、われら、八百善《やおぜん》の客になったような贅沢をなしておらぬか」

と南峰が言葉を失くし、

「幾たびも申すが、地引河岸で船湯に浸かり、さっぱりとした衣類に着換えて、かようにできたての夕餉とは贅沢の極みにございますな」

と周五郎が応じた。

五人が折敷膳の前に座り、佳乃がそれぞれの盃に角樽の酒を注いで、弥兵衛の法名軸《ほうみょうじく》に向かって盃を上げた。

「お父つぁんがこの場にいたらさ、大喜びしただろうね」

と八重が言った。

「おっ母さん、南峰先生があれだけ手を尽くしてもダメだったのよ。お父つぁんは天命だったの」

と佳乃が言い、皆に盃を干すように促した。

風呂上がりのふたりは、口に酒を含んで思わず、

「うっ」

と期せずして同時に言葉を失った。

「どうしたの、おふたりさん」

「佳乃どの、これ以上の贅沢三昧は生涯あるまい、なんとも酒がうまい。どうです、大塚先生」

「わしの感想か。これまでどれだけ酒を飲み食らってきたか。しかしかように口の中で酒がまろやかに漂う経験をした覚えがない。わしはこれまでただただ酔うために大酒をしてきたのじゃな」

と船湯組のふたりが正直な気持ちを吐露した。佳乃が、

「彦太郎さん、残念だったわね、船湯に入れなくて」

と見習医師の彦太郎を気の毒に思い、話しかけた。すでに佳乃の頬がほんのりと赤らんでいる。

「恒五郎親方がな、見習医師は明日連れてきねえ、と言ってくれたのだ。彦太郎、明日は極楽気分が味わえるぞ」

と南峰医師が弟子に言った。

「えっ、明日、まっ裸で日本橋やら千代田のお城が見られるのですか」

「ということだ」

「ばんざい」

と彦太郎は喜びを短い言葉で表現して盃の酒を飲みほした。

「八頭司周五郎さんは明日から牢屋敷の剣術道場に行くのね」

「武村先生の願いゆえな、朝稽古に付き合おうと思う。仕事に差し支えぬようにいたす心算だ。それでよろしいかのう、師匠」

「周五郎さんの本心は鼻緒挿げにあらず、剣術にありでしょ」

「師匠、そう容易く言わんでくれぬか。それがしの本心はこちらの仕事と牢屋敷道場の剣術指導、どちらにもあるのだ。なにしろ先代の弥兵衛師匠のもとに一月以上も通って見習弟子にとってもらったのじゃからな」

「そう聞いておくわ」

と応じた佳乃は南峰と周五郎の盃に新たに酒を注ぎながら、周五郎の本心はこの二つの他にあるのではないかという気がしていた。

四

翌朝、周五郎は小伝馬町の牢屋敷の剣道場にいた。

牢屋同心ら十数人が集まっていた。残りは役務に就き、何人かは火事の際、解き放ちになって内藤新宿の大番屋に移していた最後の三人を引き取りに行っていた。

十数人ひとりひとりを相手に周五郎は丁寧に稽古をつけた。

五ツ（午前八時）過ぎ時分、小伝馬町の牢屋敷の裏手を流れる龍閑川に御用船がついて最後の咎人三人が新築なった牢屋敷の裏門から引き入れられようとする気配があった。最後の咎人が剣術家くずれの浪人と聞いていた周五郎が、

「そなたら、助勢にいかんでよいのか」

と門弟に質した。

「八頭司師範、仲間は四人でございますし、咎人はしっかりと手足を縛られておりますでな、なにより龍閑川の船着場は牢屋敷の敷地同然でございます、逃げるなど考えられません」

と畠中伊三郎が答え、

「さようか、ならばよいが」

周五郎は若い牢屋同心らに稽古を続けながら応じていた。

「八頭司先生、これで大火事前の牢屋敷に戻れます」

と畠中がどことなく安堵の声音で言った。

「解き放ちになった者のうち、未だ逃げておる咎人もおったかのう」

見所に座していつものように稽古を見守る武村實篤がだれとはなしに質した。

「八頭司先生が照降町で火事の直後捕まえた連中の仲間がふたり、江戸から関八州辺りに逃亡したらしく全く消息がしれません。こやつらふたりの他は、新しい牢に戻ることになりました」

と畠中が答えたとき、牢屋敷の裏門付近で悲鳴が上がったが、直ぐに止んだ。

武村實篤が、うむ、という顔で裏門の騒ぎに耳を傾け、

「畠中、師範といっしょに裏門の様子を確かめてみよ。なにが生じたか気がかりじゃ」

と言った。むろん武村は牢屋敷の関わりの者ではない。だが、鉄炮町の武村道場と牢屋敷の関わりは長年にわたっていた。ゆえに牢屋敷の剣術方を自任していた。

「はっ」

と稽古着の畠中が竹刀を手に周五郎を見た。

「畠中どの、木刀に替えなされ」

と応じた周五郎は同田貫を背の後ろに差し木刀を手に、案内を願おうと畠中に

言った。

「師範、こちらに」

ふたりは剣道場を飛び出すと内塀伝いに裏門へと走った。周五郎にはどこを通っているのだか全く分からなかった。

「嗚呼ー」

と再び悲鳴が上がった。

「師範、なんぞ異変が生じたようです」

と言わずもがなの言葉を吐いた畠中が開け放たれた裏門に走り寄ると、若い牢屋同心が倒れていた。

「佐々木《ささき》善兵衛《ぜんべえ》」

と畠中は一年余前に父の跡を継いだ牢屋同心の名を呼んだ。周五郎もまだ十九歳の佐々木に剣術の基を教え込んでいたから承知していた。木刀かなにかで叩かれて気絶しているようだった。

周五郎が開け放たれた裏門から飛び出すと御用船の三人の咎人の手足の捕縄を仲間と思しき浪人どもが刀の切っ先で切り放っていた。

咎人三人を内藤新宿から連行していた牢屋同心も小者も不意を突かれて斬られ、

御用船付近に倒れて、呻いていた。

仲間三人を奪還しようとした連中は二丁櫓を牢奉行所の御用船に横づけしていた。

牢屋敷の裏門に御用船で運ばれてきた咎人を牢屋同心が牢屋に引き立てようとしたとき、船に乗った仲間が奪還しようと襲ったか、と周五郎は判断した。最後の咎人を新しい牢屋敷に無事連れ戻してきたと牢屋同心が安心したところを、襲われたと見た。

三人の咎人のうちふたりはすでに腰縄も切られて三人目の捕縄を仲間のふたりが切ろうとしていた。

周五郎は咎人三人を奪還しようとした一味は五人と見た。

騒ぎの様子を一瞬で把握した周五郎は、

「畠中どの、朋輩を呼びなされ」

と命ずると自らは、御用船に横づけされた二丁櫓の早船に飛び込んで木刀を振るい、まず船頭ふたりを龍閑川に木刀で突き落とした。

「なに奴か」

と仲間三人を奪還しようとした浪人のひとりが、周五郎に仲間の捕縄を切ろうとして手にしていた抜き身を向けた。二艘並んだ船のうえだ、足元は不安定だったが、周五郎は船頭ふたりを突き倒した勢いそのままに、一気に相手の肩口に木刀を叩きつけ、背後にいたもうひとりの鳩尾《みぞおち》を突いていた。

一瞬の早業だった。

「くそっ」

と手足の捕縄を切られた咎人が仲間の落とした抜き身を拾って周五郎に向かって構えた。

周五郎は斬りかかってきた咎人の抜き身を木刀で弾くと、翻した木刀で胴を叩きのめしていた。

父の清左衛門は、戦国時代の気風を残した神伝八頭司流の戦い方の一つに多勢に対する戦法があると、周五郎に絵図面や、実戦で教え込んでいた。先の先をとり一気に乱戦に持ち込み、制する策だ。

神伝八頭司流の乱戦先手が利いて、周五郎は咎人とその仲間三人を一気に倒した。残るふたりは逃げ腰になっていたが、周五郎が船頭を水中に転落させたために船を動かせなかった。

「八頭司師範」

と畠中が剣術仲間たちを引き連れて裏門から飛び出してきた。稽古着の面々は突棒《つくぼう》や刺叉《さすまた》を手にして残るふたりを取り囲んだ。

「この者たちの二丁櫓の船頭が流れに落ちておる、捕まえてくれぬか」

「畏まりました」

一気に形勢が逆転して、咎人の三人とその三人を奪還しようとした五人の都合八人、さらには船頭ふたりをひとり残らず捉えることができた。

「八頭司先生、お手柄です」

と畠中伊三郎がほっと安堵した顔で言った。

「本日、外科医どのは牢屋敷に出勤しておられるか」

「はい」

「ならば四人を外科医どののところに運びなされ。手に余るようならば大塚南峰先生を照降町から呼びなされ。ともかくこの者たちを牢屋に閉じ込めるまで息を抜いてはなりませんぞ」

と周五郎が言い、牢屋敷裏門の奪還騒ぎが一応落着した。

怪我人が多いので、牢屋敷の剣道場が牢同心三人と小者の治療室に変わった。

牢屋敷の外科医師は刀で斬られたふたりのうち、胴を斬られた牢同心の手当てから始めた。

周五郎も太ももを斬られた小者の血止めをしたり、骨折した牢同心に添え木をしたりしているところに大塚南峰が照降町の仮診療所から駆け付けてきたので、ふたりの医師に怪我人を任せた。南峰に目礼した周五郎は、武村實篤に、

「本日は稽古どころではございますまい。怪我人の手当てはおふたりの医師もおられます。それがし、これにて失礼いたします」

と挨拶して剣道場を出ようとすると、牢奉行の石出帯刀が、

「八頭司師範がいて咎人どもをひとり残らず捕まえることができ、助かり申した。このとおりでござる」

と頭を下げようとした。

「石出どの、すべて成り行きにございます。それがし、差し出がましいことをしたのではないかと案じております」

「差し出がましいなど、なんのなんの。これで咎人を取り逃がしておれば、それがし、腹を斬る羽目になり申した。町奉行所に報告してござれば、そのうち牢見廻与力どのが参られよう。首を洗ってお待ち申そう」

と石出が険しい顔をした。

しばし沈思した周五郎は、ふたりの問答を聞いていた武村實篤の顔を見て、

「先生、ちと相談がございます。それがしが牢屋敷にて師範をやっておることなど、町奉行所には知られておりますまい。本日の一件は、武村先生の指揮のもと、咎人と仲間を捕まえたということにしてくれませぬか」

「ほう、考えたな。年寄りに華を持たせてくれるか」

「いえ、武村先生あっての牢屋敷剣道場でござれば、かような事態の折には武村先生と牢同心方が活躍なされて一味を捕縛するのは極めて当たり前の動きかと存じます」

しばし沈黙していた武村が石出帯刀に、

「牢奉行どの、この一件いかに」

と質した。すると安堵の表情を顔に浮かべた石出が、

「恐縮至極にござる」

と周五郎に言った。

「石出どの、それがしではござらぬ。武村先生が牢屋敷剣道場の道場主にござる」

と言い残した周五郎は町奉行所から牢見廻与力が姿を見せぬうちにと、牢屋敷

剣道場から照降町へと引き上げた。

小伝馬町と照降町は八、九丁とさほど遠くない。

周五郎は大塚南峰を牢屋敷に呼び出したことから、まず宮田屋の敷地にある仮診療所を訪ねた。すると見習医師の三浦彦太郎が腹痛だという九歳ほどの男の子を診察し終えて、

「亀吉、食いすぎじゃ、厠に行き、肚の食い物を出せば腹痛《ふくつう》などすぐ治るわ」

と送り出していた。

「ふくつうってなんだ、先生」

「腹痛《はらいた》のことじゃ。干し柿をいくつ食うたといったな」

亀吉と呼ばれた男の子が両手の指で食った干し柿を数えていたが、

「ここのつか、いや、十《とお》は食べた」

「ほれみろ、食いすぎじゃ」

と見習医師が親子を仮診療所から送り出した。

「見習の先生、薬はいらねえか」

「いらぬいらぬ。干し柿を十も食わせるでないぞ」

「診察代はいくらだね」

「干し柿食って腹痛など、診察代がとれるか」

と見習医師三浦彦太郎の口調は大塚南峰そのものだった。

「こちらに重病人がおらんでよかった」

「牢屋敷でなんぞございましたか」

「南峰先生がお戻りになったらお尋ねくだされ」

と周五郎は鼻緒屋へと戻っていった。すると、南町奉行所定町廻同心の波津兵衛と玄冶店の準造親分が上がり框にいて茶を喫していた。

「あら、今日はだいぶ遅かったわね」

と佳乃が言った。

「うむ、いつもと同じと思うたが、遅い刻限かな」

「九ツの時鐘が最前なりましたぜ」

「なんといつもより一刻ほど遅うござったか。つい稽古に熱が入ったかのう」

と周五郎は牢屋敷の騒ぎを説明したくなくてそう言った。

「客の姿はなく、南町の波津様と玄冶店の親分がおられるわけじゃな」

九ツから半刻ほどは鼻緒屋の休憩の刻限だった。

「八頭司どのの言葉は正直に受け取ってよいものでござろうかな」

「波津兵衛どの、むろんそれがし、おふたりを騙すような言葉は弄さぬ心算じゃが」

「昨日、牢屋見廻同心日比野宗親と打ち合いをなしたそうな」

と波津が周五郎に質した。

「ようご存じですな」

「日比野当人が数寄屋橋に戻って、牢屋敷に剣道場が出来たというでちと覗いてきた。その折、稽古始めというでそれがしも加わり照降町の鼻緒屋の御仁と打ち合いをやったが、手応えなしじゃな、巷の噂というものはいかに当てにならぬか、と自慢したゆえ、南町奉行所で話が広まっておる。おぬし、手加減したな」

と波津同心が周五郎に確言した。

「波津どの、日比野同心どのとの打ち合いは稽古の一環にございましてな、今考えれば確かにそれがし、攻められ放しにございましたな。となると、日比野どののお力、なかなかのものとお察ししますな」

「八頭司どの、そなた、あやつの魂胆、見抜いたな。あの場で、そなたがあやつを打ち据えると牢屋同心がその後嫌がらせをうける。そこでせいぜいあやつの竹刀に打たれにいったか。まあ、その辺りが真相であろう」

「いえいえ、波津どの、さように深い考えなどござらぬ」

「まあ、そう聞いておこうか」

と波津同心がこの話を終えた。

「いささかこちらからお尋ねしたい儀がございます」

「ほう、なんじゃな」

「日比野どのは真の南町奉行所同心に非ず、公儀の御目付辺りが南町を内偵するために牢屋見廻同心を務めておられると、牢屋敷にてもれ聞きましたが、さようなことがござろうか」

ふっふっふふ
と波津兵衛が笑い出した。

「だれの関わりとは言わぬが、奴の親戚筋のひとりに公儀のさる役所のお偉い方がおられるのは確か、そのツテで南町奉行所の日比野家に婿入りしたのも確か。じゃが、あやつが御目付などの探索方などであろうはずもない。当人は牢屋見廻同心が嫌なのだ。そこでな、さようなことを当人が自ら広めているのよ。お奉行も年番方与力どのも日比野の魂胆などご存じだ」

と言った波津同心に続けて、玄冶店の親分が、

「八頭司様は、日比野同心の性根はすでにご存じですがな、あのお方、上のお方にはとことん弱く、下の者にはとことん意地の悪い御仁ゆえ、一応気をつけてくだされ」

と周五郎に言った。

「親分、相分った。ご助言痛み入る」

と周五郎が応じるとふたりが用事は済んだという体で店の上がり框から立ち上がった。

「ほんとうになにもなかったの」

とふたりが去ったあと、佳乃が念押しした。

「ござらぬな」

と応じた周五郎に、

「周五郎さんは嘘を吐くのが上手じゃないわ。あのふたりも決して、周五郎さんが剣術の稽古で遅くなったなんて思ってないわよ」

と言った。

「佳乃どの、嘘も方便ということもある。表向きだけでも信じてくれぬか」

「やっぱりなにかあったんだ」

と佳乃が言い、

「九ツ半になるわ。周五郎さん、早く昼餉を食べてきて、朝餉ぬき昼餉ぬきだと体がもたないわ」

鼻緒屋の店の前に女衆の行列ができ始めていた。

「よいのか、それがし、昼餉を食して。もしや佳乃どのも昼餉ぬきではないか」

「波津の旦那と玄冶店の親分はうちのお店の習わしは十分承知よ。昼餉を食しおえた時分におふたりがお見えになったの」

と佳乃が答えたとき、四之助が宮田屋の普請場から急ぎ戻ってきて、

「お待たせ申しました」

と店土間に客を入れた。

「それがし、直ぐ戻って参る」

と佳乃に言った周五郎は奥に向かった。すると八重が、

「あれこれとあるね、ささっ、つくだ煮を混ぜこんだ握りめしにしておいたよ、さあ、食べて」

と貝汁と握りめしを並べた膳を周五郎の前に置いた。

「おかみさん、有り難い。剣術の稽古は結構腹が空くのだ」

と応じると膳の昼餉を急ぎ食し、店に戻った。すると女客が最前より多く並んで佳乃と四之助が応対していた。

「子どもや普段履きの下駄は、それがしが鼻緒を挿げるでな、ご注文を承ろう」

と周五郎が女客に声をかけると、

「ほんとなのね、照降町の鼻緒屋にお侍さんが奉公しているって」

と在所から来たらしい女客が連れに言った。

昼下がりの忙しい刻限が七ツ半まで続き、ようやく三人の手が止まった。すると店の前に大塚南峰が姿を見せて、

「周五郎さんや、なんとかあちらも終わったぞ。まあ、死ぬような怪我人がおらぬのが、不幸中の幸であった」

と言った。

「ご苦労でございましたな」

「牢奉行の石出帯刀どのがそなたに礼を申してくれと言付けしおったわ」

周五郎はただ頷き、佳乃が周五郎の顔を見た。

第四章　戦いの日々

一

七月晦日の宵、雁木楼の遊女梅花の最後の花魁道中が仲之町で催された。

この数年、美姫三千余人の頂点にいた花魁の最後を見物しようと大勢の男たちが吉原に詰め掛け、各楼や茶屋に明々と灯された燈籠の灯りに浮かぶ花魁道中を見つめた。

照降町の花魁道中と同じく、梅花は明日の八朔を前に白無垢姿で最後の道中を飾った。その姿は艶やかというより凜々しい感じを見る人々に与えた。そのせいか人々は梅花の最後の道中を静かに見送った。

花魁道中が大門近くの七軒茶屋の一軒、巴屋に近づいたとき、固唾《かたず》をのんで道中を眺めていた客たちのなかから静かな手拍子が起こった。その手拍子は吉原の象徴ともいえる仲之町の大勢の客たちに伝わり、軒に燈籠の連なる引手茶屋や妓楼の二階から見物する上客や茶屋の奉公人たちまでもがその手拍子に加わった。

なんとも厳粛にして気持ちの籠った花魁道中であった。それは梅花花魁の全盛の終わりを告げると同時に、その来し方と人柄を表す温かい見送りとなった。

梅花花魁は待合の辻で、見送ってくれた大勢の客たちに深々と一礼し、さらに大門外の五十間道にも群がる客や外茶屋の奉公人たちに感謝の気持ちを込めて頭を下げた。

一刻半後、引手茶屋から素人女の形《なり》をした梅香が白無垢の綿帽子に顔を隠して吉原会所の頭取の四郎兵衛や若い衆に見送られて大門を出た。そこに待たせていたあんぽつ駕籠に乗り、茶屋四郎次郎家の男衆らに付き添われて五十間道から衣《え》紋坂《もんざか》へと上がり、見返り柳に背を向けて日本堤を千住大橋へと向かう街道との合流地点、三之輪村の三俣へと向かった。

先導する男衆の提灯の灯りであんぽつ駕籠はゆっくりと進んでいく。

日本堤を金杉村へと差し掛かったとき、刻限は四ツ近くになっていた。

不意にあんぽつ駕籠が七、八人の侍らに前後を囲まれた。

風体の知れぬ面々は、剣術家くずれの浪人者と見うけられた。また、陸尺を従えていた。侍のひとりだけが夏羽織に袴《はかま》を穿き、大小を差しており、大身旗本の用人と察せられた。

「どなた様でございますな」

あんぽつ駕籠に従う茶屋四郎次郎家の男衆のひとりが質した。

無言の夏羽織が剣術家くずれに合図した。すると不逞の剣術家らが刀の鯉口《こいぐち》を切り、その中の頭領と思しきひとりが、

「女をおいて立ち去れ。さすれば怪我をすることもない」

と凄みを利かせた声音で命じた。

「日本堤には吉原に向かう客人もおられる。不逞をなすと、夏羽織どのの主の沽《こ》券《けん》にかかわりはしませぬか」

茶屋四郎次郎家の男衆は落ち着いた声音で応対した。着流しの背の帯に刀が斜めに差し落とされていたが、襲撃者たちは気付かなかった。

「なにっ、抗うと叩き斬って山谷堀に放り込むぞ」

と脅した。

そのとき、あんぽつ駕籠の中から、

「履物を」

との女の声が響いた。

奉公人のひとりがあんぽつ駕籠の前に履物を揃えておき、簾を上げた。

女は綿帽子を脱いでいた。ために素顔が見え、奉公人の下げた提灯の灯りが風姿を浮かばせた。

しばし女の顔を確かめていた夏羽織の武家が、

「ああ、そのほうは」

と思わず叫んだ。

「御用人さん、どなたと勘違いされましたか。わたしは照降町の住人、鼻緒挿げの佳乃と申します」

と女の声が応じた。

「おのれ、騙しおったか、斬れ、斬ってしまえ」

と動揺したか、用人は山谷堀の騒ぎを見物している男衆がいるというのに不逞の剣術家らに命じた。

一瞬迷った襲撃者の頭領が刀を抜くと、男衆にいきなり斬りかかった。だが、斬りかかられた男の動きは迅速にして機敏だった。右肩に出た刀の柄を摑むと一

閃させて頭領と思しき者の手首を、
　ぱあっ
　と斬り放っていた。

「あぁー」

と悲鳴を上げた頭領の手から抜き身がぽろりと落ちた。

　背に差した刀を抜いたのは八頭司周五郎だ。左手に持たれた同田貫上野介、刃渡二尺五寸一分の豪剣の切っ先がゆっくりと用人に突き付けられた。

「まだ無体をなさる心算かな。そなたの主を知らぬわけではない。山谷堀で見物しておられる男衆のなかには読売屋も交じっておる。定火消御役なにがしとそれがしが口にすれば、元遊女を強引に拉致しようとした五千三百石の大身旗本の無法が読売に載ることになりますぞ。それでもよいのかな」

「お、おのれ」

　とぶるぶる体を震わせる定火消御役の用人に、

「おい、用人さんよ、おめえさんがよ、皺《しわ》っ腹《ぱら》を掻き斬っただけじゃすまないぜ。定火消の殿様も切腹かね、御家断絶ってこともないわけじゃねえ」

　と見物人のなかから浅草寺門前の読売屋「江戸噺あれこれ」の滋三が言った。

「ひ、引き上げじゃ」

と用人が叫び、

「屋敷よりもさ、安い銭で雇った怪我人を医者に連れていくほうが先じゃないか」

と読売屋が追い打ちをかけた。


そんな刻限、花魁梅花から茶屋四郎次郎家の後添い梅香に名を変えた女の一行は、大門を出ると五十間道には向かわず、吉原を囲む高塀と堀の外側へと出た。さらにおとりさまと土地の人に親しまれる鷲《おおとり》明神社の傍らから三ノ輪に向かう千住街道の安乗寺の門前をぬけて根岸の寮に無事に入っていた。

ひと騒ぎのあと、佳乃ら偽の梅香一行は山谷堀を折り返して吉原に戻り、四郎兵衛会所に経緯を報告した。

「ふっふっふ」

と笑った四郎兵衛が、

「ほうほう、浅草の読売屋を一枚かませましたか」

「四郎兵衛どのの許しを得ずにお名前をお借り致しました」

と周五郎が詫びた。

「八頭司様、わしの名が利くならばこれからもどうぞご勝手にお使いくだされ。読売屋に借りが出来ましたな。こちらはうちで始末をつけておきます」

「中途半端な御用で申し訳ございませぬ」

「いやいや、どうしてどうして。定火消小出将監様は茶屋四郎次郎家に入られた梅香様にもはや手出しなされますまい。さすがは八頭司様ですな、読売屋の他に佳乃さんもひと役買われましたか」

と佳乃を見た。

「四郎兵衛様、出戻り女があろうことか全盛を極めた梅花花魁の真似をさせて頂きました。恥ずかしいかぎりです」

「なんのなんの、佳乃さんは千両役者ですでな、中村座の落成記念の芝居の演目が楽しみです」

と四郎兵衛が言った。

どうやら四郎兵衛は中村座の新作公演について承知のように思えた。だが、佳乃も周五郎も知らぬ振りをして聞き流した。すると四郎兵衛が紙袋に入った書付と思しき厚い束を周五郎の前に、すっと差し出した。

佳乃と周五郎が照降町の鼻緒屋に戻ってきたのは九ツ過ぎのことだった。吉原会所が用意してくれた屋根船に乗って日本橋川の荒布橋に着いたのだ。

鼻緒屋の裏口を叩いて八重に開けてもらったふたりに、

「佳乃、なにやら白粉くさくないかい」

と八重が質した。

「事情があるのよ」

「そりゃ、事情がなけりゃ化粧なんか職人はしないものね。その事情を聞いているんだよ」

「わたしたちが今宵どこに行ったか、おっ母さんに言わなかった」

「吉原に行って梅花花魁の最後の花魁道中を見物するといわなかったかえ。花魁道中ってこんな遅くまでやるのかねえ」

「そこよ、わたしが梅花花魁の真似をしたと言ったら信じる」

「はあー、出戻り女があの梅花花魁の真似をするって、どういうことだい」

「話せば長くなるから、明日覚えていたら話すわ」

佳乃の言葉に得心がいかないのか、八重が周五郎を睨んだ。

「おかみさん、佳乃どのは梅花花魁の身請けに花を添えられたと思うてくだされ。それがしも正直、疲れ申した。このまま寝させてもらいます」

と周五郎は仕事場の上の中二階の部屋に上がり、敷きっぱなしの布団に転がりこむとあっというまに眠りに就いた。

翌朝、冷たい雨のなか、番傘を差して牢屋敷の剣道場に行くと道場主の武村實篤が、

「八頭司さんもご多忙じゃな」

と言った。

道場では畠中伊三郎らが床の拭き掃除をしていた。牢屋敷の道場が新築なる以前、鉄炮町の武村道場由来の習わしだ。

「はあ、なんぞ耳に入りましたか」

と周五郎は師匠に尋ね返した。

「昨夕、そなた、女主どのと吉原を訪ねたのではないか」

「ようご存じでございますな。まさか、先生、吉原に参られましたか」

「わしはいかぬ、もうさような歳は随分と前に過ぎたでな。ほれ、拭き掃除をし

ている若い連中がふたりばかり大門を潜り、師範と女師匠と思しき女子を見たというのだ。そなた方は吉原会所の二階から梅花とか申す花魁の最後の道中を見物していたというのだが、真の話か」

「おや、どなたか知らぬが、なぜその折声をかけてくれませぬな。それとも花魁道中を見物したあと、登楼なされたか」

と周五郎が門弟衆を見回すと、

「師範、年季の浅いわれら、牢屋同心の給金がいくらかご存じですか。小籬でさえ登楼など無理です」

と未だ無役の池添参次郎が言った。

「そなたらの給金な、こちらは部屋住みが長いで世間に給金があることを忘れておるわ、いくらかのう」

「二十俵二人扶持です」

町奉行所同心も新人は、三十俵二人扶持と牢屋同心とさほど変わりない。だが、町奉行所の花形同心になると出入りのお店から盆暮れに扶持以上のものが出た。とくに人気の三廻り、定町廻同心、隠密廻同心、臨時廻同心などの懐は豊かだった。

だが一方の牢屋同心は囚人の買い物などを手伝ってなにがしか小遣いが臨時に入る程度でしかない。ただ一つだけ大きな違いがあった。町奉行所同心は一代抱席であったが、牢屋同心は譜代席で世襲身分なのだ。

「おお、池添どのが花魁道中を見物に行かれたか」

「ああ、それがしが吉原に行ったとお分りになりましたか。花魁は身請けされたそうですが、さぞ分限者でしょうな。それがしのように二十俵二人扶持では身請けなど無理だ、生涯貧乏暮らしだ」

と喚《わめ》くように言った。

「池添、われらの恥を声高に申すでない。八頭司師範は吉原にただ花魁道中の見物に行かれたのではあるまい。吉原会所の二階におられたのなら、なんぞ御用の筋と見た」

牢屋同心のなかで最古参の鍵役流左門《ながれさもん》が言った。この鍵役、四十俵四人扶持で助役がふたりつき、出牢入牢に立ち会った。

「さすがは流どの、いかにも鼻緒屋の仕事で花魁に世話になったゆえに招かれましたが、そのあとひと仕事させられました。そんなわけで照降町に戻ったのは深夜の九ツ時分でございました」

「吉原の御用か、なんとなく惹かれるな」

と池添が言った。

「池添どの、そなたが思案するように艶っぽい御用ではござらぬ。ささっ、稽古を致しましょうかな」

との周五郎の言葉で無駄話が終わった。


佳乃はせっせと鼻緒を挿げていた。

ふっと気付いた。

(今日は客が少ないわ)

と思いながら視線を往来に向けると雨が降っていた。冷たい雨だった。

「おっ母さん、雨よ」

「最前から降っているよ。気付かなかったのかい」

と台所から大声が返ってきた。弥兵衛が亡くなった時分、八重はいつもの元気を失くしていた。だが、この声音を聞くと亭主の死を乗り越えたのだろうと娘は思った。そこへ宮田屋の名が書かれた傘を差した四之助が姿を見せた。

「四之助さん、普請場は大丈夫、雨で仕事が出来ないんじゃない」

「いえね、数日前に屋根瓦を葺いたでしょう。だから、手順を変えて普請をやっておられますよ」

「それはよかった」

「棟梁は雪が降る前になんとしてもうちのお店を仕上げるといっています」

「そうしてほしいわ」

冷たい雨は冬の到来を棟梁に予感させたのか。

「うちも今日はお客さん少ないわね」

「致し方ありませんよ、この雨、冷たいんです」

と四之助が鼻緒屋の隅の帳場机に座った。まるで大店の宮田屋の奉公人ではなくて昔から鼻緒屋の使用人のように思えた。

人影が立った。

傘は差さず笠を被っていた。

佳乃も四之助もその人物を見たが、侍か渡世人か分らない形だった。

「ご免、こちらに八頭司周五郎と申されるお方が勤めておると聞いてきたがおられようか」

言葉遣いから武家方に奉公している人物と佳乃も四之助も察した。

「八頭司様はただ今小伝馬町の牢屋敷に行っておいでです。もうそろそろお帰りになると思います。八頭司様とお知り合いですか」

と佳乃が尋ねた。

男は、笠と道中合羽を脱ぐと水けを払い、軒下に置くと敷居を跨いで土間に入ってきた。脇差と思える刀を一本差しにしていた。

「いや、面識はない。お戻りになるならば店の片隅で待たせてはくれぬか」

「うちはかように狭い店です。火鉢の傍にお寄り下さい」

と佳乃が角火鉢を訪問者のほうへ押しやった。

客は頷くと素直に佳乃が指した框に腰を下ろした。

「そなたが主かな」

「はい、父親が大火事のあと、身罷りましたのでわたしが継いでおります。佳乃と申します」

と述べて、名を名乗ると、客は頷いたが名乗り返さなかった。

「主どの、八頭司様が牢屋敷に参っておるというたが、御用かな」

と店を見回した。

「うちは見てのとおりの鼻緒屋にございます。八頭司様は牢屋敷に剣術の指導にお出でになっています」

「うむ、牢屋敷に剣術の指導とな」

と訪問者は訝しい顔をした。

佳乃は小伝馬町の牢屋敷に剣道場が造られた経緯や、その以前には鉄炮町の町道場で師範を務めていたことを説明した。

「寡聞にして牢屋敷に剣道場があるなどとは知らなかった」

と訪問者は佳乃の話を熱心に聞いた。

「お尋ねしてようございますか」

と佳乃がこの人物が何者か分らず質した。

「答えられることは答えよう。じゃが、そなたの問いに答えられぬこともあるやもしれぬ。その際は勘弁願おう」

相手の言葉に頷いた佳乃は、

「小倉藩江戸藩邸のお方ですか」

相手は佳乃の問いに頷いただけだった。佳乃はそれ以上聞くのを躊躇《ため》ら《ら》った。

「問いはそれだけか」

「なにをお尋ねしてよいか、戸惑っております」

「わしのほうから聞こう。八頭司様はこの店に勤めてどれほどになるな」

「父の代から二年ほどになります」

「仕事はなんだな」

「うちは鼻緒屋でございます。履物の鼻緒を挿げるのが仕事です」

「八頭司様もかな」

こんどは佳乃が頷いた。

「話には聞いていたが信じられなかった。真であったか。八頭司家の身分を承知じゃな」

「重臣の家系と聞いております」

「八頭司様の実兄が身罷られたのも承知か」

「はい。心の臓の病にて急死なされたとか」

佳乃の返答にしばし相手は間をおいた。

四之助が佳乃に目顔で合図した。

「八頭司様がお帰りです」

と佳乃が番傘を差した周五郎に視線をやり、

「お客様です」

と伝えた。

二

周五郎は傘を差したまま客を見つめた。見知らぬ人物だった。

客が仕事場の框から立ち上がり、周五郎に深々と一礼した。歳は三十三、四か。

軒下で傘を畳むと戸口に立てかけ、周五郎はゆっくりと客の前に立った。

客は周五郎が背に差した刀を見ていたが、懐から濃紫色の刀袋を取り出し、無言のまま周五郎に差し出した。軽く頷いた周五郎が、

「拝見致す」

と小声を発して、まず背の同田貫上野介を抜いて上がり框におき、客の差し出した刀袋を両手で押し頂いた。客に代わって框に腰を下ろした周五郎が刀袋から小さ刀を取り出した。

佳乃と四之助は周五郎が発した短い言葉以外、無言劇のようなふたりの挙動を黙然と凝視していた。佳乃は小さ刀の柄に家紋があるのを見た。三階菱と呼ばれる表紋だが、佳乃にも四之助にも家紋らしきものとしか理解がつかなかった。し

かし、だれもが持てるような代物ではなく立派な刀だということは分った。

周五郎は刀袋を懐に入れて小さ刀を三寸ほど抜きなにかを確かめた。だが、佳乃にも四之助にもなにを周五郎が確かめたか理解がつかなかった。

鞘へと小さ刀を戻し、刀袋に丁寧に納めた周五郎が小さ刀を左腰に差した。そして、佳乃に向かい、

「真に申し訳ないが本日仕事を休ませて頂けぬか」

と願った。

佳乃はしばし沈黙して周五郎の顔を正視していたが、

「本日だけで御用が終わるのですか。それとも八頭司様はもはや照降町にお戻りになりませぬか」

と質した。

周五郎がそれには答えず客の顔を見た。

「いったん事が決着するために数日はかかろうかと存じます」

と客が答え、

「迷惑をお掛けするが、この頼み願えようか」

と周五郎が重ねて願った。

「八頭司様、いつも申し上げております。なにがあろうとも一度はこの照降町に戻ってきてくださいまし」

「承った」

佳乃に固い表情のまま会釈し、手代の四之助にも、

「四之助どの、宮田屋の主、大番頭どのにこの旨伝えてくれぬか」

と断わりを入れた。

四之助はがくがくと頷いた。

上がり框に置いた刀を手にした周五郎が、

「案内《あない》願おう」

と最後まで名乗らなかった客に言い、相手は無言で佳乃に一礼すると笠と道中合羽を手にした。

雨は小雨に変わっていた。

周五郎が案内者に従い、鼻緒屋を出ようとして佳乃を振り返り、

「必ず戻る」

と念を押すように言い残して、軒下に立てかけた傘もとらずに荒布橋へと向かって去っていった。

鼻緒屋を長く、重苦しい沈黙が支配していた。

その沈黙を破ったのは、

「八頭司さん、道場から戻っているんだろ、朝餉の膳ができているよ」

という八重のあっけらかんとした声だった。

佳乃も四之助も八重のふだんどおりの声音に緊張が解けた。が、佳乃は答えなかった。

「佳乃さん、何者でしょう。あんな八頭司さんの顔を見たことはありませんよ」

「八頭司様の江戸藩邸の関わりの方のようね」

「あの御仁、譜代大名家のご家来ですかね」

と四之助が首を捻った。

「おそらくそうだと思うわ」

「大名家の家来衆があの形、まるで渡世人のようじゃありませんか」

四之助が疑問を呈したが佳乃には答えられなかった。だが、周五郎を敬うあの言葉遣いと仕草は、武家奉公のそれだと佳乃は内心思った。

四之助もふたりの初対面と思われる挙動に関心を持っていた。

「譜代大名小倉藩江戸藩邸は道三橋ですよ。あの御仁が着流しの八頭司さんをあそこへ案内するんでしょうかね」

「わからないわ」

と答えた佳乃は、

（一度は帰ってきてほしい）

と強く願った。


名も知らぬ男は荒布橋に止められていた苫船に周五郎を案内した。船頭は男自らが務める様子だった。

「雨が降ります、苫屋根の下に入ってくだされ」

と呼びかけられた周五郎が苫屋根にかがんで入り、驚いた。

苫屋根の下は人が暮らしている夜具などがきれいに片付けられており、なんとぶちの中型犬が周五郎を見つめていた。

竿を手にした男が苫船を巧みに操り、日本橋川に押し出し櫓に換えた。

「どこへ向かうのかな」

「深川の町屋敷にございます」

譜代大名小笠原家の、江戸藩邸と単に呼ばれる上屋敷は神田橋内道三堀にあった。また中屋敷は下谷に、下屋敷は市ヶ谷にあった。

町屋敷と呼ばれる小倉藩の抱え屋敷は深川にあり小倉藩の極秘の会談などに使われることを承知していたが、周五郎は訪ねたことはなかった。

過日、江戸藩邸を訪ねた折、小笠原忠固との話し合いで、

「そのほうを呼び出す折は密偵に予の小さ刀を預ける」

と腰に差していた梨子地《なしじ》桐紋《きりもん》螺鈿《らでん》の、鍔《つば》のない腰刀とも呼ばれる小さ刀を周五郎に渡して見せた。その折、周五郎は一尺一寸余の刃の表裏に龍の彫りものがあるのを記憶していた。つまりは、この小さ刀を携えた人物は忠固の密偵であった。

「そなた、名はなんと申す」

「あんぎ、小前田《おまえだ》安義《あんぎ》にございます」

と姓名を周五郎に伝えた。

「安義どのか」

「八頭司様はわしが陰の者と承知しておられますな」

「殿一人《いちにん》のために動く探索方と忠固様より聞かされておる」

「ならば名無しと思って付き合いを願います」

遠回しに小前田安義などという奉公人は小倉藩にはおらぬと言っていた。

「こちらも藩邸を出て二年半、未だ武家口調が残っておるとはいえ、武家奉公に未練などないのだがな」

　と周五郎も応じた。

「八頭司様」

「周五郎と呼べ。照降町では周五郎と呼ばれているでな」

　安義が頷いた。

「安義、この犬はそなたの飼い犬か」

「はい、三月前、火事の焼け跡をうろつく仔犬を見つけましてね、思いつきで飼うことにしました。名はぶちです」

　と安義が言った。

「この苫船で暮らしておるか」

「探索方は町屋敷でなど暮らせませんでな、それにぶちもおります」

　周五郎が犬に向かって、ぶち、と呼ぶと嬉しそうに周五郎のもとへと寄ってきて差し出した手を舐めた。

　そんな様子を、腰を屈めてみた安義が、

「明日、深川の町屋敷に重臣派の三人と改革派の三人が殿直々の命で呼ばれております」

　といきなり用件を告げた。

「だれが呼ばれておるか。そなた、承知であろうな」

　安義は迷うように沈思した。

「それがしの腰にある小さ刀は飾りではないぞ」

　周五郎は小笠原忠固の問いと同じだと告げた。

　無言で頷いた安義が、

「重臣派の三人は、江戸家老五月宇江《さつきうこう》様、中老下谷用人鵠沼《くげぬま》百兵衛様、中老池端候太郎様、改革派の三人は、物頭格鎧《よろい》惣助様、馬廻千束《せんぞく》幾太郎様、そして、御目見通宇佐《うさ》利仲《としなか》様にございます」

　小倉藩の格式は藩主の下に、中老、番頭、物頭、馬廻、御目見通の五つに分かれていた。国家老、江戸家老は中老職より命じられる仕来りであった。八頭司家は番頭格ゆえ重臣の一家といってよかった。

　部屋住みながら江戸藩邸の暮らしが長い周五郎は、大なり小なり六人を承知していた。ただし江戸家老の五月が重臣派の中心人物とは周五郎は知らなかった。

「江戸家老五月様が重臣派の頭領と探り出したのはそのほうかな」

櫓を漕ぎながら安義が頷いた。

「二派は、明日の集いで同座に就くのであろうか」

おそらく、と安義が答えた。

これまで、重臣派と改革派が藩主出座の場において同席で談合をしたことは周五郎の知るかぎりなかった。

「安義どの、どうやらそれがしもそなたと同じ、殿の近くに控えておるが名もなき人間のようじゃな」

「八頭司様が二派同席の場に出られると、血を見ることになりませぬか」

「つまりそなたもそれがしも陰の者として集いが済むのをひたすら待つことになるか」

「さように安直に事が進むかどうか」

「なんぞ危惧があるか」

「二派ともに互いの動きを見ておりましょう。ゆえに殿の御前の三人以外に、腕の立つ家臣を密かに町屋敷敷地内に呼んでおります。わしが苫船に暮らす曰くです」

「厄介よのう」

と応じた周五郎は改革派の遣い手の顔触れは察することができた。

「深川の町屋敷に徳王丸萬右衛門と千左衛門の兄弟と思しきふたりがおるが、この者たち、改革派の用心棒かな」

と聞いてみた。

「あの山奉行支配下の兄弟を江戸に呼んだのは、重臣派の池端候太郎様と聞いております。あのふたり、お目見以下の手代と呼ばれる下士ですがな、ふたりして奇妙な剣術を使うそうな。この兄弟の我流の雑技を承知なのは池端様だけだそうです。池端様が国許におられる折、山廻りに出て見つけたと聞いております。明日の集いが重臣派の都合よきほうに済んだ暁には八頭司様を襲わせる心づもりで江戸に密かに呼んだとみています」

「それがし、中老の池端様から恨みを買うた覚えはないがのう」

小前田安義の菅笠の下の顔がにたりと笑った。

「おかしいか」

「八頭司様は中老の青柳家に婿入りを、娘御との縁組を乞われていたのではございませんか」

「ほう、探索方どのはなんでも承知じゃな。さりながら、それがしは青柳家から婿入りを断られたのじゃぞ。恨むならばそれがしのほうだ。あっさりと鞍替えし、池端家から婿取りをした娘御をそれがしが恨むのが筋ではないか」

「八頭司様は、青柳家と池端家を恨んでおられますか」

「いや、断られたお陰で江戸藩邸を出る決心がついた。ゆえにただ今のように照降町でのうのうと鼻緒職人の見習をなしておる。考え方を変えれば、なにが幸せかわからぬぞ、そのことは陰の身のそなたがよう承知ではないか、かような暮らしがな」

ぶちはいつの間にか周五郎の胡坐《あぐら》をかいた膝の間に丸まっていた。すでに体重は五貫ほどありそうだった。

「たしかに譜代大名家の重臣の次男坊より照降町の暮らしが八頭司様の気性に合うておられるようですね。読売なんぞが名こそ上げませぬが、八頭司周五郎様のことをあれこれと持ち上げておる。青柳家と池端家が周五郎様を逆恨みする曰くはそのあたりにございませんかな」

「さような逆恨みは厄介かな。そうじゃ、過日、それがしが婿入りするはずだった相手が鼻緒屋に訪ねてきてな、草履であったか下駄であったか、下りものの値がはる履物を買っていったな。こちらの暮らしを確かめにきたのであろう。それがしはどちらかで会った顔とは気づいたが名は直ぐには浮かばなかった」

安義は櫓を漕ぎながら声もなく破顔した。苫船は大川を下り、永代橋を横目に見ながら進んでいった。

「それも読売に書かれた功徳の一つですぜ。下りものの履物を買うなんて見栄ですな、小倉藩は去年の鶴ヶ岡八幡宮造営の費えで藩の首が回らないのですぜ。その藩をぬけられた八頭司様は、見目麗しい女主人の傍らで楽しげに仕事をしておられる。そりゃ、恨みを買うわけだ」

藩主の探索方が笑いを残した顔で言い添えた。

最前鼻緒屋にいた折と違い、小前田安義は、周五郎相手によく喋った。周五郎の暮らしが分って、どことなく同類と感じたからであろうか。

苫船は永代橋をあとに、越中島を左手に見て江戸の内海の北岸を東に向かっていた。

「もうひとつ聞いてようございますか」

「問いによるな、言うてみよ。答えられぬときは致し方ないと諦めよ」

「うーむ、そう前もって釘を刺されるといささか問い辛うございますな」

その顔から笑いが消えていた。

「兄者が病死したことか」

周五郎の言葉に肯定の表情を見せて、

「兄上裕太郎様は病死ではない、撲殺されておりましたな」

「そのほう、兄の亡骸を見たか」

安義がこくりと頷いた。

「襲われた直後でした。もう少し早ければお命は助けられたのですが、不意を突かれました。相手はひとりです。太い木刀で一撃でした」

との説明に周五郎は兄を殺した下手人が察せられた。

「八頭司様、探索方なんて下人は、見たままを主に告げるのが務めでございますよ。殺しであることも殿に申し上げました。それを八頭司家では殿に願って病死にしてしまわれた。その曰くは八頭司家のためか、いや、藩に差し障りがあると思われたからでしょうな。明日の集いは、八頭司裕太郎様の死が招いた二派対決の場ですぜ」

と安義が言い切った。

苫船は肥後熊本藩の広大な抱屋敷の沖から平井新田の萱地に移り、東進していた。

安義は櫓に力を込めて波に逆らいながら船足を早めていた。

「ただ今の譜代大名小倉藩に悪い噂が流れると、御家断絶にならずとも九国よりさらに僻地《へきち》に転封を余儀なくされような。兄の行状は父の忠言に逆らったものだ。八頭司家としてもこうするしか方策はなかったのだ」

「念押ししますが周五郎様が病死を殿にお願いなされましたな」

艫で櫓を漕ぐ密偵の小前田安義の顔を見ながら頷いた。

「殿が藩を出られた八頭司家の次男坊の願いを聞き届けられたのは、殿との内々の約定がなんぞあってのことですな」

もはや忠固の密偵の領分を超えた質問だった。

周五郎は安義がともに戦うために知りたいのだろうと思い、

「そなたの誘いにかように乗ったことが、そなたの問いへの返答と思え」

大きく首肯した安義に周五郎が反問した。

「それがしが殿とお約束したなかに、殿の身辺を警護する者のなかから何人かそれがしの配下につけてくだされとお願い申した一条がある。そのほう、そのこと承知か」

「はい、承知しています」

「その者たち、殿の身辺に従っておろうな」

「明日に向けてその一部の方々は町屋敷にすでに移っておられます」

こんどは周五郎が頷いた。すると安義があっさりと周五郎の期待を打ち砕く発言をなした。

「殿に忠義を尽くすのは、近習衆のなかでも若い御小姓衆七人。それですべてです」

「なに、若い小姓七人だけとな、いくつか」

「十六、七でしょう。あとは八頭司様がご存じの直用人鎮目勘兵衛様ら年寄り、忠誠心はあっても体が動かぬお方らばかりです」

「御家伝弓術師範の漆畑惣左衛門様は殿に忠義を捧げられるお方でないのか」

「そうでしたな、八頭司様は漆畑様を承知でしたな。漆畑様は重臣派にも改革派にも与さず忠固様に命を捧げる覚悟の、数少ない藩士にございます」

その返答を聞いて周五郎は少しばかり安心した。

「殿は八頭司様の願いを聞き届けられた。そのことは疑いようもない。実兄が『病死』した今、八頭司周五郎様は小倉藩に戻られるお心算《つもり》ですか」

「迷うておる」

と正直な気持ちを告げた周五郎は、

「それがし、市井で暮らすのが合っておる。牢屋敷の剣道場の師範を務めながらな」

「八頭司家はどうなさるお心算です」

「妹がおると言わなかったか」

「藩内から妹御に婿を迎え入れるとして、さような若き人材がおられましょうか」

「こたびのわれらの味方、小姓衆七人のほかにおらぬか」

「藩を抜けられた八頭司周五郎様を殿が頼りになされた一事を見ても、小倉藩に人材なきことは明白にございましょう。御小姓衆七人は戦いに命を投げ出す覚悟、とはいっても覚悟だけでは、戦いを制することはできません」

周五郎は安義の言葉を聞いてただ首を振った。

「なんともな、悩ましいところじゃな。小前田安義、そのほうに最後に応えておく。それがし、殿との約定に従い、命をかけて微力を尽くす所存、それがしも生き残れる証はなにもない」

周五郎の言葉に安義はしばし無言を続け、萱原へと苫船の舳先を突っ込んだ。

萱の間にわずかに船が通った痕跡があった。慣れた動きから町屋敷界隈の海に安義が通暁していることが分った。

三

萱が生えた湿地を苫船が曲がりくねって何丁も進んでいくと、不意に目の前が開け空から小雨が降りかかった。湿地のなかに小島があった。

小島は半月のような形をしており、その真ん中に周五郎は名を知らぬ瘦せた木が立っていた。木が生えているところを見ると潮水と淡水が交じりあった汽水域と思えた。

島には苫屋根の小屋があって、小前田安義の苫船が戻ってきたのを見て、若い三人がのそのそと這い出してきた。

周五郎は苫の間から覗いて忠固の近習衆の小姓だろうと思った。そのうちのひとりの顔に見覚えがあった。

周五郎が父の清左衛門と小笠原忠固の用人鎮目勘兵衛に江戸藩邸で面会した折、忠固に父子は呼ばれた。その折に案内した刀持ちと思しき小姓と見えた。

なぜ周五郎が刀持ちと分ったかといえば、忠固のもとまで案内した小姓は肩衣《かたぎぬ》袴《はかま》姿で脇差のみを差していたからだ。刀持ちの小姓は忠臣中の忠臣といえた。

そんな三人の小姓の顔には一様に不安と、こちらを見つけた安堵の表情があった。

苫船が小島に横づけされた。

「お待たせ申しましたか」

と安義が小姓の三人に丁重な言葉で話しかけた。

両者は身分も違うため、これまで親しい付き合いがあったとは思えなかった。だが、忠固を通じてお互いが信頼している間柄だと周五郎には感じられた。

「ご一統様、舳先から苫船へお入りくだされ」

安義が三人に願った。

「なんぞ食い物を購ってきたか」

一番若い小姓が質しながら苫屋根に潜り込んできた。

刀持ちの小姓は、周五郎がひっそりと苫船の艫近くに座しているのを見て、

「八頭司周五郎様」

と安堵の声を漏らした。

三人の表情から見て、この小姓だけが安義が迎えに行った人物が八頭司周五郎と承知しているようだった。

周五郎は頷き、

「刀持ちどの、名はなんだな」

「は、はい。殿のお傍にお仕えしています鬼頭小太郎《きとうこたろう》と申します」

周五郎は鬼頭家が八頭司家と同じ番頭格の一家であることを思いだしていた。

「小太郎どの、殿の御機嫌はいかがかな」

「明日、町屋敷にお出でになる一件を案じておられるように見受けられました」

「致し方あるまい」

と応じた周五郎は、鬼頭小太郎に目顔で仲間の名を告げよと言った。すると小太郎が即座に周五郎の無言の問いを理解して、

「それがしの傍らの者は萩野勝之助《はぎのかつのすけ》、背後に座すのは関ヶ原玄一郎《せきがはらげんいちろう》にございます」

周五郎は齢を聞こうとしたが止めた。鬼頭小太郎が年長で十七歳、残りのふたりは一つふたつ年少の者と推察がついたからだ。

安義の飼い犬が嬉しそうに三人の小姓のところに寄っていった。どうやらぶち

とこの三人はすでに知り合いのようだ。

「殿からなんぞ伝言はござるか」

と周五郎が聞いた。

「御書状をそれがし、お預かりして参りました」

と小太郎が懐から忠固の書状を取り出すと両手で捧げ奉じるように差し出した。

周五郎も両手で書状を受け取った。

分厚い文であった。

「殿の書状は後ほどゆっくりと読ませて頂く。他に報告することはありやなしや」

「御書状を渡される折に殿から八頭司様にただ一言、『頼む』と伝えよと申されました」

と小太郎が言った。

その言葉に周五郎は頷き、しばし三人の様子を眺めた。

ぶちは一番若い玄一郎の膝に寄り添っていた。萩野も関ヶ原も馬廻の家系と周五郎は覚えていたがそれ以上のことは知らなかった。

「そなたら、明日、町屋敷においてなにがあるか承知か」

と質した。

「殿からはわれらにお言葉はございません。されど殿の御用人鎮目様からそれがしに少しばかり説明がございましたゆえ承知です。それがしの口から六人の仲間には告げてございます」

と小太郎が答えた。

「藩の内紛は、積年のことである。明日一日で解消するとも思えぬ。ともあれ、どのような事態が生じるか想像もできぬ。万が一の場合、そなたら、命を賭して殿をお守りせよ。それが御用と思え」

「はい、七人とも殿をお守りして死すことを覚悟しております」

と小太郎が厳しい顔で応じたが、残りのふたりはそこまでの決意をなしているとは到底思えなかった。

「八頭司様、それがしからお尋ねして宜しゅうございますか」

と小太郎が許しを乞うた。

「われら、数少ない味方ゆえな、なんなりと聞こう」

「八頭司様は藩を脱けられたお方でございますね」

「小太郎どの、そなた、八頭司家のことを承知のようじゃな。それがし、部屋住みゆえ小倉藩小笠原家の家臣とはいえぬ身分、藩籍を離れたというより八頭司家を勝手に出たというほうが正しかろう。二年半前のことだ」

「殿はさような八頭司様にお会いなされた」

「訝しいかな」

「はい」

「どう訝しいな」

と周五郎が質してみた。

「小倉藩小笠原家において長崎聞役を当代の殿から直に命じられたお方は、部屋住みであった八頭司周五郎様おひとりと聞いております。さような身でありながら、八頭司様は江戸藩邸から姿を消され、噂によれば照降町なる町屋にて暮らしておられるとか」

「妙かのう」

との周五郎の自問には小太郎は答えず、さらに質した。

「そのお方と殿が何年振りかでお会いなされた。それもおふたりだけでございました」

周五郎はもはやなにも応じなかった。

勝之助と玄一郎は驚きの顔でふたりのやりとりを窺っていた。

小前田安義は、苫屋根の下で夕餉の仕度でもしている気配があった。煮炊きするのではなく、照降町界隈の食い物屋で購ってきたものを器に移している様子だった。するとぶちがくんくんと甘え声で訴えながら艫の安義のところに寄っていった。

犬を飼う密偵など、なんと妙な仲間かと周五郎は内心面白がっていた。

「先ごろ八頭司家の嫡男裕太郎様が病死なされたとか。かつて部屋住みであったあなた様に御番頭の八頭司家を継ぐよう殿は命じられましたか」

「小太郎どの、殿がさようなことを申されるはずもない」

しばし間をおいた小太郎が、

「八頭司様はわれらに万が一の折は死を覚悟せよと申されました。藩とは関わりなき八頭司様がなにゆえ」

「かような行いをなすと聞くか」

「はい」

と小太郎は返事をした。

密偵の安義もふたりの問答を聞いていた。

小姓ふたりも固唾を飲んで耳を傾けていた。

「小太郎どの、最前、それがしが長崎聞役を命じられた話をしたな。殿が国許の小倉城下に戻られた折のことじゃ。定府ゆえ小笠原家には参勤交代の要はない。それがしが城下に参ったのは、西国で剣術修行をなすためであった。父に断わってのことだ。後に知ったことだが、父は、すでに隠居なされておる御番頭衣引《えびき》八左衛門様に相談されたそうな。衣引様は直用人鎮目様と昵懇《じっこん》ゆえ、それがしの西国剣術修行は直用人に伝わったのであろう。それが、まさか殿まで承知とは思わなかったが、小倉城に呼び出されて国家老どのより殿直筆の書状を頂いた。そこには長崎聞役を務めよとの殿の命が認められてあった。それがしの長崎聞役はたった一年であったが、異人の暮らす長崎での逗留は剣術であれ、武家奉公であれ、それがしの考えを変えるきっかけになった。

話が長くなったな。

小太郎どの、殿がどのようなお考えで部屋住みのそれがしに長崎聞役を命じられたか、今では想像はつく。じゃが、その折はただ驚いただけだ。その折の殿のご判断がただ今のそれがしの暮らしをつくっておる。殿のご信頼に応えるために、こたびの町屋敷の談合に際して家臣とも言えぬそれがしが、殿の傍に控えることにした。そなたの問いへの返答になっておるか」

「は、はい。八頭司周五郎様を信頼なさる殿のお気持ちを察することができると申し上げたら烏滸《おこ》がましゅうございましょう。八頭司様と殿の間柄が羨ましゅうございます」

と応じたとき、安義が、

「そろそろ夕餉にしてようございますか」

と声をかけてきた。

「玄一郎であったか、腹を空かしておったな。頼もう」

と周五郎が応じた。

「八頭司様は町屋の暮らしをよう承知です。ですが、鬼頭の若様方は、町屋の食い物をご存じございますまい。これも話のタネです」

番重に握りめし、魚田《ぎよでん》、がんもどき、香の物が器に盛られていた。

「これはなにか」

と玄一郎が差したのは鰯に味噌をまぶして焼いた魚田だった。

「玄一郎、魚田を知らぬか、魚はいわしかな」

と周五郎が安義に質すと、さようですとの返事が戻ってきた。

「魚田は種々の魚に味噌を塗って焼く料理だ。鯛のような上等な魚は魚田とはいわず味噌漬け焼きと称する。それがし、屋台で売っておる下魚の魚田が好みでな、なかなかうまいぞ」

「八頭司様はようご存じですね」

と勝之助まで驚きの顔をした。

「それがしが住まいする照降町は魚河岸に隣接した通りゆえ、魚はよう食するでな」

と応じる周五郎に安義が貧乏徳利に茶碗を二つ渡した。

どうやら酒は周五郎と安義の分らしい。

「小太郎どの、明日はなにがあってもよいように力をつけておけ。町屋の食い物はなかなかうまいぞ。それがし、魚田もいいががんもどきも好みじゃ」

器にそれぞれの分を箸でとった小太郎ら三人は、周五郎と安義が茶碗酒を注ぎ合う様子に、どうしたものかと顔を見合わせた。

「そなたら、先に食せ。それがしと安義どのは、いささか酒を嗜むでな」

と周五郎が命じた。

「はい」

「頂戴します」

と互いに言い合いながら魚田を食した小太郎が、

「これは美味い」

とにっこりと笑った。

「小太郎どの、よいか、殿に苫船のなかで鰯の魚田を食したなどと話すでないぞ」

「行儀が悪いと叱られますか」

「いや、『予も食したかった』と羨ましがられよう」

「やはり殿と八頭司様は話が合うのですね。殿のお言葉までお分りですか」

と小太郎が感心し、周五郎は茶碗酒を口に含んで、

「酒もまたよきかな」

と満足げに頷き、

「すべて仕度はなったかな」

と安義に問うと密偵が頷いた。

二刻半ほど周五郎ら五人は苫船で仮眠をとった。九ツ前に起きたのは周五郎、

密偵の小前田安義に刀持ちの鬼頭小太郎だった。

眠りに就く前に周五郎は藩主小笠原忠固からの書状を熟読した。むろん書状を読んだのは周五郎だけだ。忠固の書状には、こたびの談合をなしても重臣派、改革派の二派に分かれての内紛が続くようなれば、もはや小倉藩は公儀から御家取潰しの命があってもなんらおかしくはない。この町屋敷の二派の集いでなんとしても内紛を収めるために、予、小笠原忠固が、

「隠居」

して一子の忠徴《ただあきら》に家督を譲る決意、とまで認めてあった。

忠徴は文化五年（一八〇八）生まれゆえ二十二歳の若さだ。働き盛りの父忠固が手を焼いてきた、藩を二分した内紛が若い忠徴に家督を譲ったからといって、収まるとは思えなかった。となれば、江戸藩邸の離れ屋で忠固と周五郎が内々に約定した最後の手段をとるより致し方ないかと思いながら、周五郎は忠固の書状を読み終えた。

小太郎らが周五郎を見た。忠固が新たなる命を周五郎に授けたかどうか聞きたい表情であった。だが、周五郎はなにも言わず、

「それがし、町屋敷を知らぬ。深夜九ツ過ぎに案内してくれる者はおらぬか」

と小太郎らに聞いた。むろん密偵の安義は町屋敷を承知していた。だが、周五郎は三人の小姓がどれほど町屋敷を承知か知っておきたかったから三人に質したのだ。

「八頭司様、それがし、幼き折に父といっしょに、小姓に就いたのちも幾たびか殿のお供で町屋敷に滞在しておりますれば、およそのところは承知です」

と小太郎が言った。

「ならば小太郎どの、それがしを案内してくれぬか」

「畏まりました」

との返事を聞いた周五郎が平底の苫船の一角でごろりと横になると、ぶちが周五郎の腕に顎を乗せてきた。

幼い犬の温もりを感じながら周五郎は眠りに落ちた。

九ツ前、眠りから覚めたとき、小太郎がすでに仕度をして周五郎が起きるのを待ち受けていた。勝之助と玄一郎は、鼾《いびき》をかきながら熟睡していた。

「参ろうか」

と舳先から島に上がると小太郎が従い、

「小舟がこちらにございます」

とかすかな星明かりで周五郎に教えた。

小太郎はいつの間にか、形《なり》を変えていた。忠固の刀持ちの肩衣袴姿から地味な色合いの小袖裁着袴《たつつけ》に着換えている。

小舟には何本か木刀が積んであるのが見えた。小太郎は自ら竿と櫓を使い、平井新田の萱原のなかを巧みに走ると堀に小舟を出した。そして、深川木場に接した塩浜《しおはま》町の船着場に寄せた。

「八頭司様、当家の町屋敷は東側と南側が他家の抱屋敷に接し、北は堀を挟んで肥後熊本の細川家の抱屋敷がございます。町屋に接しているのはこの塩浜町の西側だけです」

小舟を下りる際に周五郎と小太郎は、木刀をそれぞれ手にした。その他、周五郎は、小さ刀を腰に、馴染みの同田貫を背に負い、小太郎は脇差を腰に差していた。刀持ちの鬼頭小太郎が剣術をそれなりに修行したことをその挙動で周五郎は察していた。とはいえどの程度の力か、判断がつかなかった。

「町屋敷には、すでに二派の警護方が忍び込んでおると思うか」

警護方と周五郎は呼んだが、二派それぞれの用心棒というのがふさわしいと思えた。藩主の許しもなく自派の家臣を勝手に深川の町屋敷に送り込んでいるのだ。

「間違いなく互いが四、五名の遣い手を送り込んでおります」

と小太郎は言い切った。

「よし、案内してもらおう。これからは口を利くことはできるだけ避けよ、よいな」

と小太郎に注意すると、無言で大きく頷いた。

小倉藩の町屋敷の敷地から桜の木の大枝が塀外に伸びていた。

小太郎は手にしていた木刀を腰に差すと懐から鉤の手のついた縄を出し、枝に投げ上げると器用に縄を使って上がり、町屋敷の中に姿を消した。周五郎も縄を使って木の枝に上がれというのかと縄に手をかけようとすると縄がするすると引っ張り上げられた。しばらくすると裏木戸が開けられ、小太郎が顔を覗かせた。この刀持ちが町屋敷に通暁しているのがこの動きを見て分った。そのうえなかなかの遣い手だった。

周五郎は小太郎の無言の案内で初めて町屋敷に入った。

「町屋敷は三千坪ほどの広さしかございません。重臣派の警護方は表門の長屋の一室に、改革派は、この近くの番小屋に詰めているはずです」

と小太郎が小声で言った。

「よう承知じゃな」

「安義がそれがしに教えてくれました」

と言ったとき、黒装束の人影が音もなく寄ってきた。

小太郎の体がびくりとして緊張し木刀を摑む手に力が入った。周五郎が小太郎を制した。その人物は密偵の小前田安義と察していた。安義は麻縄の束を肩に下げていた。

「二派の警護方はどちらも酒を食らって熟睡しております」

「出番があるとしたら朝からと思うておるのであろう。どちらからやるな」

「近いのは改革派の警護方でございます」

「よし、そちらからじゃ」

と周五郎が応じて安義が案内に立った。

周五郎と安義は、本日の二派の集いに警護方などが控えているようでは厄介が増すため、二組の警護方を一日ほど身動きつかぬようにしておこうと話し合っていた。そのために安義はあれこれと仕度を整えていた。

鼾が番小屋と思えるところから聞こえてきた。

「小太郎どの、入口を見張っておれ」

と命じた周五郎と安義が番小屋に忍び込むと、小太郎の耳に、うっ、という声がいくつも聞こえた。だが、ふたりはなかなか番小屋から出てくる気配はなかった。小太郎が我慢しきれず動きかけたとき、周五郎が呼ぶ声がした。小太郎が番小屋を覗くと小さな灯りに蓑虫のように縛られた四人が土間に転がされているのが見えた。

小太郎は、八頭司周五郎と密偵小前田安義のふたり組の技に驚きを禁じえなかった。

「安義、こやつらをどうするのか」

小太郎が密偵に質した。

「すぐ近くの塩浜町の船問屋の土蔵を借り受けてございましてな。元来高値の品物を納めている土蔵ゆえ、扉も二重、窓も天井近くに風抜き窓しかありませんや。そこならこの面々が逃げ出せるとは思えません。一昼夜くらい我慢してもらいましょう」

と安義が平然とした口調で言った。

「この四人をふたりで倒されたか」

と小太郎が音も聞こえない争いを想像できぬのか、自問した。

「いえ、鬼頭の若様、八頭司様が一瞬のうちに木刀の先で鳩尾を突いて気を失わせました。わしはひとりひとりを麻縄で括《くく》っただけでしてね」

小太郎が周五郎を見た。

「小太郎どの、もう一組残っておる」

と言うと周五郎がひとりを肩に担ぎ、もうひとりを腕に抱えて裏木戸から出ていった。

「八頭司様」

と驚く小太郎に安義が、

「鬼頭の若様、こやつらひとりずつをわしらも抱えていきますぜ」

「安義、すまぬが若様と呼ぶのは止めてくれぬか。小太郎と呼び捨てにしてくれ」

「わしは藩の家来ではございませんでな、陰の者ですよ。そんなわしが殿様の刀持ちの鬼頭小太郎様を呼び捨てにできますかえ。そんなことよりこやつらの始末だ」

安義と小太郎は、猿轡《さるぐつわ》を噛まされて縛られた蓑虫ひとりずつを担ぐと周五郎を追って塩浜町の船問屋の土蔵に運んでいった。周五郎はふたりを運びながら目当ての者がいないことをどう考えればよいか、思い迷っていた。

　この夜、重臣派の警護方を改革派と同じように気絶させ五体を縛りあげて、塩浜町の船問屋の土蔵に運び込んだとき、七ツ（午後四時）の時鐘がどこからともなく響いてきた。

四

　深川の譜代大名小倉藩町屋敷は、表向き、家臣らが集まって談義する場所ではない。千代田城近くにある江戸藩邸から定府の重臣らが船遊びや休息にくる場所として使われていた。ゆえに江戸藩邸にあるような大書院は設けられていない。だが、一応藩主が滞在する折に家臣と面談する四十畳ほどの書院があり、上段の間が設えられていた。

　この日、四ツ（午前十時）の直前、最初に書院に入ったのは小笠原忠固の信頼厚い直用人鎮目勘兵衛だ。しばし間があって改革派の三人、物頭格鎧惣助、馬廻千束幾太郎、御目見通宇佐利仲が継裃《つぎかみしも》に脇差だけを差して庭伝いの廊下を経て書院に姿を見せた。三人の顔に一様に緊張があった。

さらに間をおいて重臣派の中老下谷用人鵠沼百兵衛、中老池端候太郎のふたりが改革派と対峙するように隣室の襖を小姓に開けさせて入り、しばらく間をおいて江戸家老五月宇江が姿を見せて上段の間近くに座した。

江戸家老に対面した改革派はこの場への出席を予想していたものの、これまで重臣派の主導者として表に立つことのなかった家老の登場を驚きの眼で迎えた。それは藩主小笠原忠固の覚悟を推量した重臣派が二派同席の場に初めて陰の主導者の出馬を決めたと考えたからだ。

二派の三人衆が着座したのを見た鎮目勘兵衛が、

「ご一同足労に存ずる」

と声を発し、続けて、

「もはやこの集いがどのような狙いで企てられたか説明の要はなかろう」

「直用人、それがし、なにも聞かされておらぬ」

江戸家老の五月宇江が即座に言い放った。

江戸家老と直用人は格式・職階からいえば江戸家老が上だ。だが、藩主の信頼厚く長年その代弁者を務めてきた直用人の鎮目はそれには答えず、

「殿のお成りである」

と一同に宣告した。

刀持ちの鬼頭小太郎が継裃姿で主君の佩刀《はいとう》を手にして上段の間に入り、指定の席に着いた。それがいつもの佩刀と違うことに気付いた者はだれひとりいなかった。さらに間があって藩主の小笠原忠固が上段の間に入り、着座した。

その動きを改革派は、軽く頭を下げて迎えた。

一方重臣派の三人は視線を改革派に向けたままだった。藩主と対面する場において改革派と同席するなど、もっての外という顔付きだった。

忠固の視線が江戸家老五月宇江に向けられ、

「五月宇江、そなたがかような場に姿を見せるは珍しいのう」

と静かな声音で話しかけた。

「殿の命ゆえ参上致しました」

その口調は太々《ふてぶて》しく、忠固を藩主として敬う態度が希薄だった。その返答にうんうんという風に頷いた忠固が、

「小倉藩の内情は予が説明せずとも、そなたらのほうがよう承知であろう。長年逼迫してきた藩財政は、昨年公儀より命じられた鶴ヶ岡八幡宮造営の普請手伝いによりいよいよ困窮し、重大なる局面に直面しておる。

忌憚なく申す、次の家臣らの下番の費えの目処《めど》は立っておらぬ。もはや領内の情勢も逼迫し、幾たびか試みられた殖産興業も成功したとは申せまい。このこともまたそなたらに説明の要はないな」

と言い、しばし言葉を探すように間をおいた。

「われら家臣一同、殿からさようなお言葉をお聞きしてなんとも恐縮至極にござる。殿がかような場を設けられる前に家臣団にて解決の方策を提言するのが、われら家臣の務めかと存ずる。にもかかわらず殿からの呼びかけにて、かような苦衷の場にて対面致すことに相なりました」

と一応詫びた五月は改革派の三人を見下すように憎しみの視線を向けた。

「われらも藩財政改革のために日ごろから必死の努力はしておるのですが、ご時世がご時世、さらには藩内にはわれらの努力を阻止する輩もおり、試みがうまくいかずただただ赤面の至りにございまする」

江戸家老が藩財政破綻の原因は改革派の動きにありという体で言い放った。

「そなたらにも苦労をかけるのう」

と忠固が応じた。

その忠固の眼差しが重臣派から改革派に向けられた。

「鎧惣助、江戸家老五月の言葉をどう聞くな」

「はっ」

と応じて一拍置いた鎧が、

「われらも微力を財政改革に尽くしておりますが、重臣方のお考えとは異なり、二派の対立ゆえに藩財政は改善する方向にあるとは言いかねます」

「ほう、当家には対立する派閥がありて、そのことが藩財政改革を阻害しておるというか」

忠固がとぼけた口調で応じた。

「鎧、殿に向ってさような怪しげな論をなにゆえ抜かしおる。おぬしら、改革派が藩の内紛を助長し、藩財政の改善を阻んでおるのではないか」

と五月が決め付けた。

「ご家老、われらのみに藩の内紛の原因があると聞こえますな」

重臣派と改革派が醜くも藩主の面前で激しい言い争いを始め、いつまでも続いた。

忠固は二派の言い争いに瞑目したまま聞き入っていた。ただ今の小倉藩小笠原家の実態を改めて確認しようとしてのことだ。

無限と思える言い争いを、

「ご両者、黙らっしゃい」

と大声を発して止めたのは直用人鎮目勘兵衛だ。この場では鎮目が最長老であった。

「殿が、益なき言い争いに必死で耐えておられるのが、そのほうら分らぬか」

「ほう、直用人どの、この論議は集いの趣旨に反するといわれるか」

江戸家老が直用人に抗うように言い放った。

「いかにも反する。殿はこたびの談義に覚悟を持ってご一統を招集なされた。つまりは藩政が、財政が少しでも好転するような論議を期待しておられる。この醜い対立こそ藩の弊害である」

「われらもその覚悟ありて、同志らと幾たびも話し合いを重ねたうえで、この場に出席しておる」

と五月が言うと、

「直用人どの、われらとて殿のご苦衷を察してこの場に臨んでおり申す。されど重臣派は、われらの主張など日ごろから一顧だになさらぬ」

改革派の馬廻千束幾太郎が口論に加わった。それに対して重臣派の中老下谷用

人鵜沼百兵衛が、

「そもそも馬廻風情がこの場にあることがおかしい」

と憎しみの眼差しを向けて言い放った。

「お待ちなされ」

と再び鎮目直用人が両派を制した。

「殿からお話がござる。最後までお聞きなされ」

そのとき、上段の間近くに顔を覆い、黒衣で身を包んだ者が中腰でするすると登場し、鎮目直用人に書付を渡すと、また退《さが》っていった。

「何者か」

とその者の行動を両派の面々が不思議そうにみて、ある者は、殿直属の密偵ではないか、陰の者ゆえ、面体を隠して登場したかと得心した。

鎮目直用人が忠固に書付を渡した。

両派は忠固の手に渡った書付がなんであるか、訝しげに見入った。

その間沈黙が続いた。だが、忠固は手にした書付を読む気はさらさらないようで瞑想した。どう切り出そうかと考えている風だった。そして、ゆったりとした口調で話し出した。

「五月宇江、予の呼び出しに対応すべく集いを重ねたそうじゃな」

「はい。幾たびも殿のお志に沿わんと談義を重ねましてございます」

うんうんと頷いた忠固に代わって鎮目勘兵衛が、

「江戸家老どの、談義の場は江戸藩邸にござるかな」

と問うた。

「いえ、それは。改革派なる輩もおりますゆえ、さる場所にて集いを重ね申した」

「それは中屋敷にござろうか、それとも下屋敷にござろうか」

「最前も申したように屋敷を使うては改革派の雑魚どもの耳目に晒されますでな、内々の場にて談義を重ね申した」

と答えた江戸家老に向かい、頷き返した直用人が、

「殿はこの数年、夕餉すら一汁二菜の質素な食事で我慢しておられる、酒も飲まれず、魚など滅多に膳に上ることもない。また城中で召される衣服すら新たに誂えられたことはござらぬ。そのことはご一統がよう承知でござろう」

と話題を転じた。

「直用人、とくと承知じゃ。ゆえにわれらも殿を見倣うてござる」

「それはまた敬服のいたりでござる。で、どちらで談義をなされたな、江戸家老どの」

「最前すでに明確に返答したはずじゃ。さように同じ問いを繰り返されることになんぞ意がござるか」

と反論する江戸家老に、

「江戸家老出席の談義の場は、北国吉原大籬楽歓楼《らくかんろう》」

と直用人がいきなり言い放った。

鎮目直用人の言葉に五月江戸家老を始め、下谷用人鵜沼百兵衛、中老池端候太郎も愕然として黙り込んだ。一方、いつその話を持ち出すかと考えていた改革派は、内心、

「しめた」

と思い、必死で笑みを堪えた。

「さようなことをだれが」

五月が改革派の三人を睨みつけた。

「江戸家老どの、一月に三度の談義のために、引手茶屋にどれほどの金子をお支払いかな」

五月は忠固の手にある書付に視線を向けて、

「馴染みゆえ大した金額ではござらぬ」

「ほう、馴染みな。藩の重臣らが他藩の江戸家老、留守居役と遊里で交わりをなすことすら当家は禁じておる。にも拘《かかわ》らず五月宇江様は吉原に馴染みがありと申される。驚きいった次第かな」

「直用人、馴染みとは言葉のあや、見栄にござる。そなた、曖昧な話を出してそれがしを殿の前で辱《はずかし》める心算か」

「曖昧な話に非ず。殿が手にしておられる書付では、近々の登楼三度に際して七軒茶屋の一つ、伊勢半に九十七両二分、支払っておるな」

鎮目直用人が険しい口調で糾した。

「お、覚えがござらぬ」

「ならば、今年になってそなたらが引手茶屋に支払われた金高を申し上げようか。殿が一汁二菜の粗食に耐えておられる折、江戸家老どのは吉原遊郭の費えをどこより捻出なされましたな」

五月がなにか言いかけたとき、忠固が手にしていた書付を広げて黙読し始めた。

この書付、七軒茶屋伊勢半が吉原会所の頭取四郎兵衛の要望で提出した本物だった。八頭司周五郎の願いに、後々返却を条件に貸し出されたものだった。

「鎮目、この書付によれば五月宇江らは、先の大火のあとも焼失しなかった吉原に登楼しておるぞ。なに、宇江、そのほう、艶福家じゃのう。楽歓楼の前は、別の大見世の遊女が馴染みであったとか。羨ましいかぎりかな」

と忠固が淡々とした口調で呟いた。

「直用人、われら改革派の集いは下屋敷にて渋茶を飲みながらにございますぞ。いくら江戸家老どのとてさようなことが許されましょうか」

と改革派の頭分物頭格の鎧がここぞとばかりに叫んだ。さらに、

「われら、当家の家臣一同、およそ十年前より家禄の半知にて吉原どころか四宿の食売宿にさえ上がることはできぬ。家臣の懐具合など江戸家老どのならばとくとご存じのはず、五月家の内所は格別にござるか」

と五月に向って問い質したが、

「鎧、この場にてさような問いを発してよいのは殿の直用人のこの鎮目勘兵衛ひとりじゃ、口出しするでない」

と鎮目が鎧に注意をし、

「江戸家老どのの、最前のそれがしの問い、吉原遊郭の費え、どこより捻出なされ

ましたな」

「直用人、五月家伝来の調度品などを売り、藩務の費えにしてきた」

「ほう、なんとも心がけよろしきことですな」

「信じぬか。それがし、なんの不正もなし。確かにこの時節に遊里にて談合したのは不都合であったがのう」

「遊里での談合、不都合とな。この一月に三度の吉原登楼の場に家臣でなき者は出席していませんかな。国許小倉城下の藩御用達船問屋、対馬屋実右衛門が家老らとともに登楼し遊興に耽ったこと、目付方の調べで判明しておる」

なんと、と改革派の三人から快哉の声が上がった。

鎮目直用人がじろりと睨み、

「当家では文化八年に幕府の正使として忠固様が朝鮮通信使を対馬にて応接なされた。その折、五月宇江どのも殿の手伝いをなされてその功績が認められ、江戸家老への昇進に結びつく切っ掛けになった。対馬屋とはその折以来の付き合いじゃな、対馬屋は船問屋ゆえ対馬を通じて朝鮮中国との交易に、ありていにいえば密貿易に従事してきたな。そのほうらの金主はこの対馬屋と、吉原の調べで判明しておる。殿がお持ちの書付はすべて、藩密偵と吉原会所の調べにて判ったことである」

五月宇江が池端候太郎に目顔で合図した。

そのとき、再び黒子姿の人物が登場し、刀持ちの鬼頭小太郎の傍らに座した。

「止めておきなされ。そなたらが頼りにしている用心棒どもは、両派ともすでに捕らわれておる」

「直用人どの、もはや江戸家老の域を超えた所業、重臣派に藩財政改革を主導する資格などござらぬ」

鎧惣助が喜びを隠しきれぬ表情で叫び、重臣派の三人が立ち上がってその場から辞去しようとした。

「お待ちなされ。江戸家老どの。そのほうらには殿より直々に命が下される。その場に控えておられよ」

それでも強引に辞去するか重臣派三人が迷った。

刀持ちの鬼頭小太郎が傍らに控える黒子に刀を渡し、反対に黒子から忠固の佩刀が渡された。無言で受け取った黒子が忠固に一礼すると刀を手に面体を隠したまま重臣派の三人を牽制した。その動きには五月らを圧倒する迫力が漂っていた。

「さあて、鎧惣助、そなたらとて殿の面前に大きな顔をして座す資格があろうかのう」

と鎮目直用人が言い出した。

「どういう意にござろうか、直用人どの」

「過日、そなたら、下屋敷にて重臣派の使者なる者と面会しおったな」

「さようなことがありましたかな」

と鎧が惚《とぼ》けた。

「千束幾太郎、重臣派のさる家臣と会合をなさなかったか」

「直用人、どなたと会ったと申されますか。姓名の儀をお聞かせくだされ」

その問いにしばし間を置いた鎮目直用人が、

「番頭衆八頭司清左衛門の嫡子裕太郎である」

「おお、八頭司裕太郎様はすでに身罷られたお方ではございませんか」

「いかにもさよう。覚えはなきか」

鎮目勘兵衛に睨まれた千束が、

「藩内がごたごたしておるゆえ、互いに腹を割って話し合いたいと申し入れがあり、われら、官許の遊里などではなく市ヶ谷の下屋敷にて面談いたしました。茶一杯も飲まず侃々諤々《かんかんがくがく》二刻に渡り、談合を致しました。八頭司様は話し合いの成果に満足の様子にて下屋敷から江戸藩邸にお戻りになりました。江戸藩邸の裏門近くで突然身罷られたとあとで聞いてまさかと驚きました。八頭司裕太郎様が息災なれば、藩内を二分しての内紛など解消されたものをと、それがし、残念至極にございます」

「江戸藩邸の裏門で急死致したか」

「そうではございませんので」

「病死との届けは八頭司家から出ておる。じゃが、江戸藩邸裏門で突然身罷ったとは初耳じゃのう。千束、八頭司裕太郎との談合の趣旨は真に藩内の対立解消であったのか」

「いかにもさよう」

「下屋敷の使用人の幾人かは、八頭司裕太郎が激しくそのほうらを叱責したことを聞き知っておる。八頭司は激したまま下屋敷から江戸藩邸に戻ったのではないか。懐にそのほうらの詫び状を入れてな」

直用人の言葉に最前まで意気消沈していた重臣派の顔色が上気した。

「直用人、それがし、八頭司裕太郎が身罷った原因は病などではなく改革派の某に殺害されたと聞いておりますぞ」

と中老の池端候太郎が口を挟んだ。

「池端、この場は殿の代理としてこの直用人鎮目勘兵衛が仕切っておる。差し出口をなすでない」

と一喝し、改めて改革派に視線を戻すと、

「鎧惣助、そなた、下屋敷の集いの場にあったな」

「いかにも同席しておりました」

「ならば問う。なぜそなたら、身罷った八頭司に詫び状の如きものを差し出したか」

「そ、それは」

と言い淀んだ。

「殿がこの場におられる。腹を括って返答せよ」

と鎮目が迫った。

それでも鎧は迷っていた。

「そなたが返答せぬなら、それがしが答えようか。重臣派の使者八頭司裕太郎は、藩主小笠原忠固様の代理と名乗り、そなたらのこれまでの活動を詰《なじ》った上で、今後一切藩政に関わる行いはなさぬとの一札を認めさせ、受け取ったのではないか」

　鎮目勘兵衛の言葉に重臣派の三人には驚愕が、改革派にも絶望の表情が走った。

「鎧、そなたら、八頭司を送り出したあと、あれこれと論議した結果、八頭司裕太郎は、殿の代理ではないとの考えで一致した、それも八頭司当人の独断専行、功を焦り勝手に動いたものだと」

　両派が黙りこんだ。

「そのほうらが八頭司裕太郎を殿の代理と一時考えたは、八頭司が殿の上意状の如きものを所持していたことと、八頭司が殿の命で重臣派の一員に加わったと自ら証言したゆえではないか。だが、最前申したように殿が八頭司裕太郎に上意状など渡されるはずはないとの考えにそなたらは至った。事実、殿はさようなことを一切なさっておられぬ。また殿が上意状を家臣ひとりに託すことをこの直用人鎮目勘兵衛が知らぬはずはない」

「嗚呼ー」

　と悲鳴を洩らしたのは重臣派の鵠沼百兵衛だ。その鵠沼を睨んだ鎮目勘兵衛が、

「改革派の主導者、つまりおのれらの命で配下のひとりが八頭司を江戸藩邸まで追いかけて、暗殺し、詫び状を取り返した。併せて偽の上意状を奪った」

もはや重臣派も改革派も真っ青な顔を引きつらせていた。

「そのほうら、この町屋敷に不逞の輩を入れておるな。両派の用心棒の如き輩はすでに殿のもとに捕らわれておる。この者たちの証言もあると思え」

鎮目が藩主の小笠原忠固を見た。

「そのほうらの行為、許し難し。早々に御長屋に戻り、謹慎蟄居しておれ。一両日中に予から改めてそなたらに沙汰を命ずる。もはや藩政財政の改革と称してそなたらが暗躍することはなきものと思え。覚悟して予が命を待て」

忠固が厳然たる口調で告げた。

改革派は茫然自失していたがそれでも宇佐利仲がよろよろと立ち上がり、残りのふたりが倣おうとした。だが、重臣派は、

(なんぞ、手があるのでは)

という顔付きでその場に座していた。

「各々方《おのおのがた》、殿のお言葉を聞いたな。早々に藩邸に戻り、謹慎蟄居されよ」

と黒子姿の者が大声を発すると、藩主に一礼をすることもなく両派の六人が別々に辞去していった。

五

八頭司周五郎が豊前小倉藩町屋敷を出たのは、その宵五ツ前の刻限だった。小倉藩の屋根船に小笠原忠固が乗り、直用人鎮目勘兵衛も同乗した。

藩主忠固の乗った屋根船の他に一艘の船が警護のために従った。七人の小姓組の頭分は御家伝弓術師範の漆畑惣左衛門が勤めていた。周五郎は警護方の船に乗る心算だったが、鎮目勘兵衛に、

「殿の命である。こちらの屋根船に乗られよ」

と命じられ、屋根船の艫、船頭の傍らに控えていた。

屋根船が木場の北側の堀に出た折、

「周五郎はおるか」

と忠固の声がかかった。

「はっ、これに控えておりまする」

「入れ」

と命じられて周五郎は忠固と鎮目ふたりの座る屋根の下に膝行した。

「周五郎、本日の集い、どうみるな」

「殿があれほどまでに明言なされたのです。厳しい沙汰があることを覚悟はしておりましょう。されど」

と周五郎は言葉を止めた。

「なんぞ懸念か」

「両派ともに長年愚かな行いを繰り返してきたのです。このまま収まるとも思えませぬ。藩邸の家臣団を明日早々にも大書院に集め、両派の頭分六人らの沙汰をその前で公にすべきかと存じます」

「そうじゃのう」

忠固が思案の体を見せ、案じる言葉を吐いた。忠固は本日の集いを乗り切ったせいか、元の優柔不断な藩主に戻っているように思えた。

「両派の者どもが大書院で相争うことにはならぬか」

「明日、殿は登城なされませぬな」

周五郎が念押しした。

公儀の役付きではない忠固は、年頭、五節句、月次《つきなみ》の日以外は登城する要はない。

「無役ゆえ屋敷におる」

といささか寂し気に応じた。

「直用人、明日四ツの刻限、大書院に格別な役目のある家臣を除いて中老、番頭、物頭、馬廻、御目見通以上全員を集めて下され」

「なに、明朝四ツか」

「殿の命が発せられるのは五ツ半（午前九時）、本日の六人らの始末を大勢の家臣があれこれと思案する暇を与えぬことが大事かと考えます」

ふうっ、と吐息をした鎮目直用人がしばし間をおいて、

「よし」

と己に言い聞かせるように言ったとき、呼子が警護方の船から発せられた。

「直用人、殿をお願い申す」

と周五郎が傍らの同田貫上野介を手に引き寄せた。

「やはりどちらかの派の別にいた雇われ用心棒たちが動いたようです」

「八頭司、その者ども、殿に危害を加える気か」

「いえ、それがしが狙いでございましょう。殿、頭上に騒がしい音がするかと思いますがお許しくだされ」

と周五郎は願うとするりと屋根船の舳先に出て、二艘の舟が屋根船に接近して

くるのを見た。

周五郎は同田貫を背に差すと屋根船に置かれてあった予備の竹竿を利用して屋根に上がった。

「なに奴か」

「八頭司周五郎じゃな」

と質す声は元の朋輩、藪之内中之丞《やぶのうちなかのじょう》であった。その傍らには徳王丸萬右衛門と千左衛門の兄弟が襷《たすき》がけに武者草鞋《わらじ》を履いて、ひとりが長い直剣の柄に手をかけているのが見えた。もうひとりは刺叉のような長柄の武器を携えていた。山で猪狩りに使う道具か。またふたりの腰の刀は、長崎で見かけた鹿児島藩の家臣が腰に手挟んでいた薩摩拵えの剣によく似ている、と周五郎は思った。

「徳王丸萬右衛門、千左衛門、この屋根船には藩主小笠原忠固様がおわすのを承知か。その御船を襲うことがどういうことか、考えられぬか」

「な、なに、殿がお乗りになっておられるか」

兄の萬右衛門がそのようなことを聞かされていないのか、驚きの声を漏らした。

「萬右衛門、そのほうの相手は家臣でもなき八頭司周五郎一人《いちにん》じゃ。殿が家臣でもなき者を同乗させると思うてか。そのほうら兄弟、すでに礼金の半分を受け取っておるのだぞ、約定は守れ」

と藪之内中之丞が命じ、しばし間をおいて、よし、と萬右衛門が弟の千左衛門に、

「約定を果たして残りの金子を受け取り、江戸をあとにする。わしらのような下士はどこにいっても人間扱いはされぬでな」

といい、ふたりしてそれぞれの得物に手を添えて忠固の乗る屋根船の横腹に船を突っ込んでこようとした。

周五郎は、相手の船とふたりの動きを見ながら、もう一艘の船に宇佐正右衛門《うさしょうえもん》が乗り、こちらにも何人か槍を携えた改革派と思える面々が戦いに備えているのを見た。するとその船に向かい、忠固の警護方の船から弓を手に、ひとりの武士が立ち上がった。

御家伝弓術の達人漆畑惣左衛門が矢を番《つが》えて弓を引き絞っている。そして、その傍らに鬼頭小太郎ら七人の小姓組が控えて、斬り合いに備えていた。

周五郎は竹竿を構え直して徳王丸兄弟の船が屋根船に突っ込もうとする間合いをはかった。

「そのほうら、重臣派の池端様に江戸に呼ばれたのではなかったか。ただ今は改

革派に鞍替えしたか」

「おお、わしら、重臣派がなにかも改革派とはどう違うかも知らん。銭が少しでも多くもらえる方に与するだけだ。こちらから手付金をすでにもらったでな、仕事をしておる」

兄の萬右衛門が正直に己らの考えを告げて薩摩拵えの長剣の鯉口を切った。

「おおっ」

「キエーッ」

と兄弟が叫び合うと萬右衛門が真っ先に抜き身を構えて虚空に飛びあがった。なんともすさまじい跳躍であり、荒々しい力技だった。

船の屋根へと飛び下りようとする萬右衛門に周五郎が構えた竹竿が軽やかに突き出して胸を突き、水面へと落下させた。

一瞬の、萬右衛門が予期せぬ早業であった。

直後、兄の墜落を見た弟の千左衛門が捨て身で屋根に飛び降りてきた。

刺叉が突き出された。

迅速果敢な連続技だった。

背に負った同田貫上野介を抜く暇を与えぬ速さで、周五郎は屋根の上で咄嗟に、

ぱあっ

と飛び下がり間を開けた。

その間にも千左衛門は手造りと思しき刺叉を胸の前で迅速に振り回しつつ、周五郎に迫ってきた。

周五郎はさらに後ろへと飛び退りながら背に隠した同田貫上野介を抜き打とうとした。

だが、千左衛門の刺叉の動きは力強く神速玄妙だった。

周五郎は傾斜のある屋根船の屋根をあちらこちらと飛び下がり、横手に逃れた。

だが、相手の動きは素早く、ついに屋根の端に追い詰められて、片膝をついた。

竹竿を捨てた周五郎に、

「八頭司周五郎様に恨みはござらぬ。すべて稼ぎのためでござる」

と言い放った千左衛門が刺叉を手元に引き寄せ、周五郎の胸を突き刺そうと狙った。勝ちを確信した千左衛門の動きが寸毫の間止まった。

一瞬の弛みを見た周五郎が片膝の構えから虚空へと飛び上った。

千左衛門の刺叉の狙いが逸れた。

その直後、周五郎の左手が背の同田貫の柄にかかった。もはや峰に返す余裕はなかった。剣術の作法を越えた力技に利き腕の左抜きの豪刀で応じるしかなかった。

刺叉の穂先が周五郎の胸を突き上げようとした。

が、一瞬早く周五郎の不意打ちとも思える背からの同田貫が千左衛門の首筋を捉えていた。

「ウッ」

ともらしつつ弟が兄に続いて水面に落下した。

同時に屋根船に相手の船の舳先が突っ込んできたが、屋根船の船頭が巧みに竹竿を使い、舳先の向きを変えていた。ために衝撃は軽微だった。

船頭の、忠団の密偵小前田安義が技だった。

周五郎は、二艘の船が絡み合う前に相手の船に飛び込み、藪之内が刀を抜くのを感じながら無言のまま、血に塗れた同田貫を藪之内の肩口に落とした。

げええっ
と絶叫とともに藪之内は、徳王丸兄弟が落ちた堀に落下していた。船頭が茫然自失して周五郎を見た。その顔が恐怖に変わった。

「水中におる三人を拾い上げてこの場を去れ。相分ったな」

と血刀を下げた周五郎の言葉にがくがくと船頭が頷いた。そこへ屋根船が近づいてきて、周五郎は飛び戻った。

「もう一艘も漆畑様の弓にやられて小姓組の活躍の場はございませんでしたよ」

と安義が言った。

「ならばわれら早々に江戸藩邸に戻ろうか」

と周五郎が言うと、船頭の安義が指笛を吹いてもう一艘へ従うように告げた。


翌朝、四ツの刻限、小倉藩江戸藩邸の大書院に数百人の家臣団が参集していた。その真ん中に漆畑惣左衛門や八頭司清左衛門ら、藩主小笠原忠固に忠誠を誓う少数の重臣たちがおり、その背後に重臣派にも改革派にも与しなかった家臣たちが緊張しながらも静かな挙動で座していた。

大書院の左手に重臣派の面々が、庭側には改革派と目された一統が不安と恐怖をないまぜにした表情で控えていた。

重臣派の間で、

「家老の五月宇江様がおられぬがどういうことか」

「中老の鵠沼百兵衛様も池端候太郎様の姿もない」

「昨日、深川の町屋敷で殿が対面の場を設けられたというぞ」

とひそひそ問答があちらこちらで行われていた。

一方、改革派の席でも、

「物頭の鎧惣助様も馬廻千束幾太郎どのも御目見通の宇佐利仲どのもおられぬ」

「いや、藪之内も宇佐正右衛門の姿も見えんな。どうやらわれらの知らぬところで殿から蟄居閉門が言い渡されたらしい」

と不安顔で話し合っていた。

昨日の深川町屋敷の集いは、藩主小笠原忠固の命で重臣派と改革派の幹部が呼ばれたと風聞で八頭司清左衛門は承知していた。清左衛門は、この集いに次男の周五郎がなんらかの関わりがあったと推量していた。だが、周五郎がどのような役割を果たしたのか、見当もつかなかった。傍らの漆畑惣左衛門は、大書院に入った折から瞑目して無言を通していた。

父として次男が藩主忠固になんらかの助勢を行っていることを推測し、裕太郎に代わって少しでも忠誠を尽くすことを願っていた。だが、部屋住みの身分のまま、八頭司家から出ていき、二年半余が過ぎていた。そのような身分の周五郎に忠固がなにを期待しているのか、清左衛門は皆目見当がつかなかった。

隣席の漆畑が瞑目したまま、

「昨夜、次男どのは大いに活躍なされた」

清左衛門にだけ聞こえる声で囁いた。

（活躍とはどのようなことか）

もしかして、この場にも周五郎が出席するということか。いや、部屋住みのまま勝手に家を出ていった者が小倉藩江戸藩邸大書院の場に出るなどありえない、と己の思い付きを否定したとき、上段の間そばに直用人鎮目勘兵衛が姿を見せて、座した。

「殿のお成り」

と小姓の声がして豊前小倉藩六代目藩主小笠原忠固が、刀持ちの小姓鬼頭小太郎を従えて粛々と着座した。

家臣一同が平伏した。

八頭司周五郎は、大書院の裏手に控えていた。その場から鎮目勘兵衛の張りつめた声がかろうじて聞こえた程度であった。周五郎の役目は密偵の小前田安義と同じく、公に晒されることはない。謹慎蟄居しているはずの重臣派、改革派の主導者が万が一不逞の行動をした折、忠固の身を護る陰仕事だ。

だが、安義によれば江戸家老五月宇江は、普段優柔不断な忠固の決然たる言動に圧倒されて、

「五月家取潰、己は切腹」

を覚悟しているとか。

周五郎は、うす暗い控えの間でいつの間にかうつらうつら居眠りしていた。

どれほどの刻が過ぎたか。

人の気配に周五郎が目覚めると、密偵の小前田安義が、

「よくお眠りでした」

と言った。

周五郎は大書院のほうを窺った。

「もはや片がつきました。殿は奥の間にお戻りになりました」

「刻限は」

「ただ今ですか。昼下がり八ツ半を過ぎた頃合いにございます。昨夜は一睡もされておりますまい」

「なに、それがし、二刻以上も眠っておったか。警護方失格じゃな」

と己の行為に驚いた周五郎は、

「大書院の集いは無事済んだかな」

「筋書きどおりに事が終わり、直用人の鎮目勘兵衛様が当分江戸家老を兼ねることになりました。鎮目様のもとで重臣派、改革派の主導者の沙汰が正式に下されます。むろん殿のご意向に沿ってのことですがな。いえ、真のところは八頭司周五郎様の考えに従ってのことですか」

「安義、それがし、さような大それた考えを申し述べた覚えはない。なにより実兄裕太郎が市ヶ谷の下屋敷で改革派に差し示した偽の上意状の一件がある。八頭司家こそ一番最初に御家取潰しが命じられても不思議ではあるまい」

「八頭司様、昨日の集いは、公に催されたわけではございません。四半刻前に果てた大書院の場が、小倉藩の行く末を決めるただ一つの集いにございます。殿の御意向もあり、兄上の行いが今後表にでることはありますまい」

「安義、それがし、殿に借りができたということか」

「さあて、それは八頭司周五郎様がお考えになることです」

と忠固の密偵が答えた。

大書院の集いがあって二日後の夜五ツ過ぎ、八頭司周五郎は小倉藩の内紛の後始末が終わるのを待って藩邸の向御門、通称裏門から敷地外に出た。かたわらには御作事方定小屋があって、辺りは森閑としていた。

周五郎は実兄の裕太郎が撲殺されていた場を眺めた。

(兄者、愚かな行いをなしたな)

と胸のなかで呟いた。すると背後に人の気配がした。ずんぐりとした体付きは見覚えがあった。なにより手に提げた太い木刀が何者か教えていた。

「なんぞ御用かな。そのほう、小林重三郎であったな」

「藩道場の打ち合いでは手を抜いたか」

「そなた、昔の話を持ちだしたな。それがし、いつ何刻にても道場で手抜きをした覚えはない。あれは稽古ゆえ叩いたり叩かれたりはいつものこと、格別に意はもたぬ」

「おのれ」

「小林重三郎、そのほう、わが兄者をこの場で撲殺したな」

「仇を討つ気か」

「兄者は愚かな行いをなしたゆえ殺されても致し方ない」

「なに、兄の仇を討つ勇気もないか」

「改革派とやらに甘言を弄されて剣術の技量もない兄を撲殺したそのほうに尋常勝負の機会を与えようか。どうだ、小林重三郎」

「兄と同じ道を辿れ」

と言い放った今枝流の重三郎が太い枇杷材の木刀を立てた。

遠くから常夜灯の灯りがふたりの対決を淡く照らしていた。

「一つだけいうておこう、重三郎」

「なんなりと抜かせ」

「剣術は力ではない。技と間だ。師範平林忠伴様は教えなんだか」

「力と速さが剣術の極意だ。もはや問答無用」

ふたりの間合いは一間半ほどだ。

肥後の刀鍛冶が鍛えた剛刀同田貫上野介の柄が右肩にあった。

「参れ」

周五郎の誘いに乗った重三郎が太い木刀を立てたまま踏み込んできた。

間が一間に、さらに四尺に縮まるまで周五郎は微動もしなかった。

「死ね」

と叫んだ重三郎の木刀が夜気を裂いた。

その瞬間、周五郎の長身の腰が沈み込み、同時に左手が柄にかかると同田貫上野介刃渡二尺五寸一分が光になって重三郎の左胸から腹部へと深々と斬り下げていた。

重三郎は冷たい感触を胸に感じたとき、すでに彼岸へと旅立っていた。

周五郎はすとんと地べたに尻をつくと、傍らに斃れていく小林重三郎を見ていた。

どれほど時が過ぎたか。

「八頭司様、こやつの始末はお任せください」

と声がして小前田安義が傍らに立っていた。

「願おうか」

「照降町にお戻りですね」

「戻るところはあそこしかないでな」

周五郎が立ちあがり、同田貫の刃に血ぶりをくれて背の鞘に納めた。

「八頭司様とはまたお会いしますな」

安義の言葉には答えず常盤橋御門へと周五郎は歩いていった。

第五章 新築初芝居

一

季節はゆっくりと晩秋へと移ろっていこうとしていた。そんなある日、梅香から文で新居への招きを受けた。

佳乃は周五郎と話し合い、応じることにした。

佳乃と周五郎は、船頭幸次郎の猪牙舟で山谷堀のどんづまり三ノ輪の浄閑寺の山門前まで送ってもらい、根岸の郷に茶屋四郎次郎清方と梅香の新所帯を訪ねた。

周五郎は、

「幸次郎どの、そなたもいっしょに茶屋家の別邸を訪ねぬか」

と誘ったが、

「周五郎さんよ、茶屋家って大分限者なんだろう。おりゃ、もと梅花花魁の顔さえまともに見られそうにねえ。その上亭主が大金持ちだなんて、おりゃダメだ。ふたりで行ってきねえ。七ツ過ぎに迎えにくるからよ」

とどうしても一緒に茶屋家を訪ねることを拒んだ。

周五郎も佳乃も茶屋家の京風の造りの別邸に驚かされ、ここが江戸とは思えないほどの侘びと寂《さび》の空間にただ腰が落ち着かなかったのは同じだった。

だが、清方も梅香もふたりの訪いを喜んでくれて、いつしか周五郎も佳乃も時が経つのを忘れるほどあれこれと話した。

別れ際、梅香が、

「こんどは私たちが佳乃さんと八頭司様が主役の中村座落成記念の新作『照降町神木奇譚』の初日を見物に行きますよ」

「えっ、さようなことまでご存じですか、梅香様」

「佳乃どの、茶屋家のもとにはあれこれと情報が集まってくるのだ。隠し事などできぬ」

と周五郎は茶屋家と細作の関係を思い出して言った。

「そうなの。わたしはぎりぎりになってお知らせしようと思っていましたのに」

と佳乃は困惑の顔で応じた。

「八頭司さん、兄御が身罷ったとのこと、そなた様の身辺にも変わりが生じたのではありませんかな」

と話題を変えるように清方が問うた。

「清方どのなれば譜代大名小倉藩小笠原家の内情を承知でございましょう。それがしの行く末、わが主の佳乃どのにも伝えられぬのが実情です」

との言葉に清方が頷き、

「どのような事態が生じようとも私ども生涯のお付き合いでようございますな」

とふたりに願ったものだ。

周五郎と佳乃は、清方と梅香の幸せな日々に接して、こちらも幸せな気分になって茶屋家別邸を辞去した。


照降町のあるシマ界隈では大火事から半年が過ぎ、秋の終わりに小網町の湯屋が新築なって開業し住人たちが大喜びした。

佳乃も母親の八重といっしょに祝儀をもって開店初日の朝湯に行った。

番台にはきれいに髪を結ったふみが座して客たちの祝いの言葉に嬉しそうに応

対していた。

「おふみちゃん、おめでとう」

「佳ちゃん、暖簾見た。いいわねえ、評判がいいのよ。男湯が御神木の太い幹に一輪の白梅、女湯のほうが白梅散らし、梅花花魁の三枚歯下駄と図柄は違うけど、趣向は同じよね。これは佳ちゃんしか描けないもの。お客がだれも絶賛するのよ。もちろん描き手がだれだなんて説明の要はないわ」

と佳乃が描いた絵を褒めてくれた。

「佳乃が小網町の湯屋の暖簾を描くと聞いてさ、わたしゃ、心配したんだよ。調子に乗りすぎじゃないかってね」

「おばさん、あなたの娘は調子に乗るような女じゃないの。私たちと違って賢いの」

「賢い娘が三郎次《さぶろうじ》なんて男に騙されたうえに出戻ってくるかねえ」

「三年は修業の歳月だったのよ、おばさん。だから今の佳ちゃんがあるの」

「そうかねえ、ともかくさ、これでシマらしくなったよ」

と八重がいい、母娘で一番湯を堪能した。

周五郎は蘭方医の大塚南峰といっしょに小伝馬町の牢屋敷の剣道場に稽古の指

導に通っているために、いつもは牢屋敷の湯屋で汗を流す。だが、今日ばかりはシマに戻り、小網町の湯屋に行くことを前もって話し合っていた。

「おふみどの、おめでとうございる。われらもこれで安心して暮らしていける。亭主の寅吉どのによう頑張ったと伝えてくれぬか」

「おお、うちも新しい診療所を造ってもらったしな、小網町の湯屋が加わって昔のシマに一歩戻ったな」

と周五郎と南峰が祝いを述べ、湯銭をふみに差し出した。

「ありがとう。周五郎さん、南峰先生。今日は湯銭なしよ。鼻緒屋の佳乃さんからたくさんの祝儀を頂戴したわ。おふたりさん、どうぞそのまま新しい湯に心ゆくまで浸かってくださいな。周五郎さんの刀は番台で預かります。二階の小女が仕事になれてないからね、私が大事な刀を見張ってます」

と同田貫上野介を受け取ってくれた。

「なんと佳乃さんの祝儀でわれらただ風呂か。うちの開業時も、ただで診察せねばならなかったな」

と南峰が後悔した。

「湯屋と診療所がいっしょになるものですか。さあ、おふたりさん、お入りになって」

とふみに言われた周五郎と南峰が木の香が漂う脱衣場で衣服を脱いでいると、

「おふたりさんの着替えは佳乃さんが届けてくれていますからね」

とふみの言葉が追ってきた。

「至れり尽くせりじゃな。これがシマの暮らしじゃのう」

と南峰が破顔した。

「おお、鼻緒屋の浪人さんと診療所の先生か、シマの大物ふたりが顔をそろえたな。どうだい、牢屋敷の湯と比べてよ」

と棟梁の銀七《ぎんしち》がざくろ口を潜るふたりに話しかけた。棟梁も小網町の湯屋の開店を待ちわびていたらしく、湯船のなかで満足げだった。

「棟梁は牢屋敷の風呂に入ったことがござるか」

と周五郎が尋ね返した。

牢屋敷の朝稽古が終わったあと、師範の周五郎と医師の南峰は牢屋敷の湯に入ることを許されていた。

「八頭司さんよ、おりゃ、生涯牢屋敷の湯船なんぞに浸かりたくないな」

と銀七が答え、湯船の皆が棟梁に賛意を示し、

「そりゃ、そうだ。咎人とかよ、牢同心といっしょに湯船に浸かりたくはねえよ」

とか、

「牢屋敷の湯屋も湯銭を払うのか」

とか言い出した。

「いくらなんでも牢同心と咎人が同じ湯に入るものか。だが、湯銭はなしじゃぞ」

と南峰が答え、

「ともかく小網の湯とは比べものにならんな。隣から女や子どもの声なんぞは聞こえてこぬし、あちらはなんとも武骨にして無粋じゃな。それより宮田屋の普請はいつ出来上がるな、棟梁」

「当初は三月もあればと思ったが、なにしろ江戸の中心部が燃えちまったろう。職人の取り合いで半年もかかって、宮田屋さんに迷惑をかけた。だがな、あと七、八日で宮田屋の普請がなって引き渡せるぜ」

と銀七が確約した。

「照降町の老舗大店二軒、宮田屋と若狭屋に新しい暖簾があがるとよ、一段と景気がよくなる」

　と続けた銀七が、

「祝い風呂は頂戴した。さあて、身を清めたところで宮田屋の仕上げにとりかかろうか」

　と湯船から出た。

「おお、そうだ。お侍さんよ、妙な話を聞いたがね」

　と洗い場に立った裸の銀七が周五郎を振り向いた。

「おれの朋輩が中村座の普請を手掛けているんだがね、なんでも中村座の新築初興行の祝いに新しい狂言を披露するんだとよ」

「中村座も小屋新築の祝いに景気をつけようてんで、出し物は新作かえ」

　と魚河岸の親方が応じた。

「その新作の話だがな、照降町が舞台だって話らしいぜ。お侍さんは知らねえか」

「ほう、さような話がござるか。それがしに役者になれとの声はかかっておりませんな。まあ、芝居小屋と鼻緒屋の職人見習では関わりようもないでな」

　と答える周五郎に、

「ふーん、知らないか」

と応じた銀七が、

「ならば致し方ねえ。お先に失礼しますぜ」

と上がり湯をかぶりにいった。

「八頭司さんや、わしもそんな噂をな、二丁町の裏方のひとりから聞いたぞ」

と新作の芝居がどのような曰くで創られるか承知の南峰が周五郎に聞こえるくらいの小声で話しかけた。その問いに周五郎は、

「あのような大火事ともなると、あれこれ真偽取り混ぜた風聞や噂話が飛ぶものではございませんか」

「そうか、そなたの口からは喋られまいな」

と南峰が両手で湯を掬《すく》い、顔を洗った。

「新しい湯屋の新湯《さらゆ》、なんとも気持ちがよい」

と呟き、

「ともかくわしにとってなにが一番よいかというとな、そなたが照降町に戻ってきてくれたことだ」

とこれまで幾たびも繰り返したと同じ言葉を口にした。

周五郎は南峰と小網町の湯屋の前で別れたあと、鼻緒屋に戻る前に宮田屋の普請場に立ち寄った。

棟梁の銀七が七、八日で引き渡せるといった宮田屋の建物の外観は真っ新で、素人目にはいつでも引き渡せるように見えた。表から店部分を見ていると建具職の職人衆も全員が白足袋を履いていた。奥からこちらも白足袋を履いた大番頭の松蔵が姿を見せた。

「さっぱりとした顔をしておられますな」

「大番頭どの、小網町の湯屋に南峰先生と行ってきました」

「おお、寅吉とおふみさん夫婦の湯屋が新しい暖簾を上げましたか」

「その暖簾じゃが、わが師匠が描いた御神木の白梅の絵ですぞ」

「うむ、それは見物に行かねば、いえ、湯に入りにいかねばなりませんな」

と松蔵が言い、

「八頭司さん、奥をご覧になりますかな」

と傍らに控えていた見習番頭の菊三に白足袋を渡すように命じた。

周五郎は、背の同田貫を抜くと傍らにおき、茣蓙《ござ》が敷かれた上がり框の一角で新しい足袋を履いた。

「燃えた建物と基はいっしょです。されど棟梁が細かいところをあれこれと工夫してくれましたからな、使い易いですぞ」

さすがに調度品や品物の入っていない店は広々としていた。

「ただ今家具や建具類を奥から入れておりましてな、お店の二階は住込みの奉公人の部屋です。八頭司さんは前のお店に入ったことはございませんでしたかな」

「先代の師匠の弥兵衛どのは厳しい人でしたからな、見習職人が親店を訪ねるようなことをお許しになりませんでした。佳乃どのになって、幾たびかお店にはお邪魔させてもらいましたが表から見える範囲でござった。かように広々としていたのですな」

周五郎は松蔵に奥座敷の仏間に案内されたことはあったが、格別な場合の折ゆえ宮田屋を知っているとは言えなかった。

松蔵は店の奥へと周五郎を連れて入った。

五十坪ほどの中庭を挟んで口の字に回廊があった。外蔵の二棟は、奥座敷と西側の外庭に接してあるのが周五郎には分った。燃えた宮田屋の様子は分らないが外蔵の位置から察してなんとなく間取りが推量できたのだ。

若い男が何ごとか思案するように庭の一角を見ていた。

「若旦那、こちらのお方が鼻緒屋の見習職人八頭司周五郎さんです」

と松蔵が呼びかけ、周五郎を紹介した。

「おお、照降町の警護方を務めて頂いている八頭司様でございますか。宮田屋の跡継ぎの朝太郎《ともたろう》です。よろしくお付き合いのほど願います」

「京に修業に出ておられたとお聞きしております。ご苦労でございましたな。京において大火事の知らせに仰天されたのではございませんか」

「はい、最初に聞いた折はまさか照降町が燃えてなくなるなんて、信じられませんでした。江戸に戻っていやはや驚愕させられました。大火事の最中からただ今まで親父や大番頭から鼻緒屋の佳乃さんと八頭司様が照降町におられたことがどれほどの助けになったか縷々《るる》聞かされました、真にあり難いことでした。私はあれこれございまして、京の修業を早めに終えて、江戸へ一昨日戻って参りました。八頭司様、今後とも宜しくお付き合いのほど願います」

さすがに京での修業を為してきただけに如才のない若旦那だった。おそらく歳は周五郎と変わらないと思えた。

「若旦那どの、お見掛けした折、なんぞお考えのようでしたな」

「深川の別邸からの引越しを思案しておりました」

「わが師匠に許しを得ました上で、なんぞ為すことがあれば命じて下され。まず引越しはいつを予定されておりますな」

と問う周五郎に松蔵が答えた。

「七日後が大安吉日ですでな、その日、深川から照降町に戻ってこようと若旦那と話し合ったところです」

「ならば早速佳乃どのの許しを得ましょう。新しい店と住まいの見学はその折にさせてもらいます」

と応じた周五郎は鼻緒屋に戻ることにした。


すでに佳乃は仕事場に座っていた。

「遅くなって申し訳ない。宮田屋の普請を大番頭どのに誘われて見ておったゆえ、遅くなり申した。初めて中庭に接した奥を見せてもらった。外から見るのと内から見るのでは趣きが違うな。おお、そうじゃ、宮田屋の若旦那朝太郎どのにお会いした」

「えっ、朝太郎さん、京から戻ってこられたの」

「どうやら一昨日江戸へ戻ってこられたようだ。最初から深川入船《いりふね》町の別邸に入られた様子でな、燃えた照降町を見られたのは本日が初めてではないかな」

「周五郎さんは若旦那をどう感じたの」

「さすがに京で他人の飯を食べてこられたゆえ、しっかりとした考えをお持ちのように思えたがな」

周五郎の感想に佳乃がうんうんと頷いた。

佳乃が三郎次と照降町を出た後、朝太郎は京に修業に出ていた。ゆえに佳乃の駆け落ちは知っているはずだが、その後のことも直ぐにだれぞに教えられるだろうと思った。

「佳乃どのは若旦那を幼いころから承知であろうな」

「うちのお父つぁんがあんな風な人だから親店の跡取りとは遊んではいけないと厳しく言われていたの。だけど、幼いころのわたしたち、よく遊んだわ。それでも朝太郎さんはわたしとは別世間の人と思っていたわね」

「そのお方が京で修業するのは厳しい日々であったろうな。それがしと同じくらいの歳と見たが、なかなか大人に見えたたな」

「わたしの『修業』とはえらい違いね」

「いや、さほど違わぬな」

「どうして」

「それぞれ修業の仕方は違っても、すでに佳乃どのは成果を出しておられる。朝太郎さんはこれから京修業の結果を出さねばならぬ。宮田屋だけではなくこの照降町の復興も託されることになる」

周五郎の言葉に佳乃はしばし沈黙で応じて口を開いた。

「その言い方だと周五郎さんはもはや照降町にいないような感じね」

こんどは周五郎が間をおき、

「それがしが手伝えることはなんでもなす。だが、いつまでも照降町におりたいというそれがしの思いは罷り通らなくなった。朝太郎さんの京での修業、佳乃どのの神奈川宿の修業と同じく、それがしにとって照降町は期限のある修行の場となった」

佳乃が、ふうっ、と大きな息を吐き、

「一日でも長くいてほしいわ」

と呟いた。

二

その時、鼻緒屋の前に人影が立った。

官許の芝居小屋中村座の座付作者の柳亭《りゆうてい》志らくだった。

「まだ客で込み合う刻限ではございませんな」

「はい、ただしそろそろお客様が見える時分です」

「佳乃さん、八頭司さん、新作の台本が出来ましたんでね、ふたりで読んで感想を聞かせてくれませんか」

と一冊の綴じ本を差し出した。

表紙にはなにも書かれていなかった。

「中村座はお陰様で師走初めに完成する目処が立ちました。出来たら新作は『照《てり》降町《ふりちょう》神梅奇譚恋之道行《かみのうめきたんこいのみちゆき》』と改題して師走半ばから正月にかけて座頭《ざがしら》は興行したいそうです」

表で客らしい女の声がした。

「二日後にまたこちらに参ります。それまでにお願い申します」

と佳乃に手渡すと志らくが、

「ようこそいらっしゃいました。江戸一の鼻緒屋にございますよ。ゆっくりと見ていってくれませんか」

と声をかけ、自分はすっと客の間を抜けて姿を消した。

佳乃が台本を後ろの棚に入れると客に向き合った。

多忙な一日がまた始まった。


先の大火事で焼失した宮田屋の新築がなり、深川入船町の別邸に避難していた主の源左衛門一家と奉公人の男衆女衆が照降町に戻ってきて賑やかになった。

佳乃が主の鼻緒屋は、元来の鼻緒挿げに戻った。宮田屋から回されてくる下り物の草履や下駄の鼻緒を挿げる仕事だった。

周五郎も佳乃の傍らで普段履きの履物に紙緒を挿げる仕事を淡々とこなした。

志らくが佳乃と周五郎主従に示した新作『照降町神梅奇譚恋之道行』の台本を読んだふたりは、

「なんとも恥ずかしいわね」

「いささか持ち上げすぎじゃが、芝居などというものは、本来かようなものかもしれぬ」

「周五郎さん、藩のお名に差し障りが出ないの」

「豊前小倉藩とか小笠原家とかの名が出ておるわけではなし、『これはお芝居でございます』といくらでも言い抜けられよう。それより佳乃どのの描かれ方はどうだな」

「わたしは、この芝居の話を受けたときからどんなものでも素人が文句をつけることはすまいと覚悟していたの。だから、わたしも格別に注文はないわ」

ということをふたりは話し合い、

「お任せします」

となんの注文もつけずに志らくに台本を戻した。

宮田屋に続いて若狭屋も新店を開業し、照降町の二軒の老舗大店が揃い、シマ全体に活気が戻った。そんな折、芝居小屋中村座が完成し、正面に座紋の、

「角切銀杏《すみきりいちょう》」

が染めぬかれた官許興行を示す櫓《やぐら》が、誇らしげに二丁町を見下ろした。そして落成記念の新演目が読売などを通じて大々的に発表された。

その日も佳乃と周五郎はいつもの仕事をこなした。そこへ宮田屋の若旦那の朝

太郎と大番頭の松蔵が何枚もの読売を手に、四之助を連れて鼻緒屋に姿を見せた。

「いよいよおふたりさんが登場のお芝居が始まりますな。江戸じゅうが大騒ぎですぞ。どんな気持ちですな、佳乃さん」

「大番頭さん、すでにわたしどもの手を離れ、座頭や役者衆の出番です。周五郎さんとわたしはいつもの仕事をこなすだけです」

「それで済みますかな。これまで以上のお客様がこの照降町に詰め掛けますぞ」

松蔵はいささか興奮の体で読売をふたりに差し出した。

「承知ですか。佳乃さんの役は、文政の女形の第一人者、当代の岩井半四郎丈ですぞ。半四郎さんは新作『照降町神梅奇譚恋之道行』の芳女役と『京鹿子娘道成寺』の二役だそうで暮れから正月にかけての二丁町は大賑わいします。そんな芝居を見た客がこちらにな、この照降町に流れてきます」

といよいよ赤い顔をして言い募った。

松蔵の上気ぶりとは対照的にふたりの主従は淡々と鼻緒を挿げながら話を聞いていた。

「八頭司さんの役はこちらも若手役者の人気者中村勘四郎さんが勤めます」

「大番頭どの、そのお方にちらりと会ったような気がします。幸次郎どのの舟に乗り込もうとした折です。せいぜいひとりの客として芝居を楽しませてもらいましょう」

うう一ん

と松蔵が唸り、

「若旦那、このふたり、どうにかしてくださいな。どうも中村座のお芝居になるということが分っておられぬようです」

と朝太郎に言った。

「大番頭さん、おまえ様がひとりで騒いでおられますがな、真の芸人や職人は、内に秘めた気持ちを抑えて、かように冷静に仕事を続けるものですよ。私ども、また出直して参りましょうかな。仕事の邪魔にきたようですよ」

と若旦那が松蔵を諫めた。

「おや、若旦那様、御用でございましたか」

佳乃が仕事の手を止めて朝太郎に聞いた。

「いえね、佳乃さんの鼻緒挿げを見せてもらうことが第一の仕事といえば仕事です、ですからその用事は済みました。その若さでなんとも見事な手さばきですね。京の職人衆も佳乃さんの鼻緒挿げには敵いますまい。なにしろ京にもひとりとして女職人はおりませんからね」

「おや、京にも女の鼻緒挿げはおりませんか」

「はい、私の知るかぎりおりませんな。中村座の座頭はなかなかの眼のつけどころ、さすがです」

とまた芝居話に戻して褒めた。が、その言葉遣いは平静だった。

「若旦那様、年寄りひとりが上気しておりますか」

と松蔵が恥ずかし気に呟き、

「佳乃さん、中村座の座頭から新しくできた芝居小屋を見物にこないかとのお誘いがございました。その暇はありませんかな」

と質し、

「いつのことです」

と佳乃が尋ね返した。

「稽古の初日が十日後だそうです。廻り舞台や奈落を見せてもらったあと、役者衆の稽古を見物するというのはどうですね。私どももお供させてもらいます」

紙緒を挿げる周五郎を佳乃が見た。

「かような見物の機会は生涯に一度あるかなしかでしょう。師匠、ぜひ行きなされ」

「あら、周五郎さんはいかない心算」

「役者衆のおられる場に部屋住み侍が迷い込んでもな、なんとも格好がつくまい」

「わたしたち、吉原だっていっしょしたのよ。若旦那様と大番頭さんのお誘いを無下に断れないわ」

とこんどは佳乃が周五郎に言い返し、

「それがし、稽古を見物するほど芝居の通ではないでな、最前申したが芝居はお客人といっしょに見せてもらおう。だが、稽古の前に小屋の仕掛けだけを見せてもらえぬか」

「わたしもそれでいいわ」

と佳乃主従の落成した中村座の芝居小屋見物が決まった。

「ならばそう座頭に伝えておきます」

と松蔵ががっかりとした表情で答え、表を覗いた。客がくる刻限にはまだ間があった。そのことを確かめた松蔵が、

「若旦那、やはり佳乃さんと八頭司さんにはあのことを告げておいたほうがよう

ございませんか」

　と言った。頷く朝太郎に、

「やはり御用があったのですね」

　と佳乃が応じた。その場にいた手代の四之助が松蔵の命で外された。

「いえね、正式にはうちの親父がおふたりを呼んで話しましょう。本日は前もって伺っておきたいと思ったものですから、大番頭と相談して参りました」

「若旦那様、どのような御用でございましょう。うちは親店宮田屋から暖簾わけしてできた子店の鼻緒屋です。こうしろと仰って下されば、悪いところは直します」

　と姿勢を正した佳乃が応じた。

　ふたりが上がり框に腰を下ろした。

　佳乃は八重に茶を頼もうかと思ったが、若旦那の話を聞くのが先だと思った。

「佳乃さん、弥兵衛さんの死はうちの親父にも大きな驚きを与えたようでございましてな、昨晩、私と大番頭を呼んで、『そろそろ代替わりして隠居がしたい』と言い出したんですよ。春の大火事のあと、なんとか宮田屋の再建が出来ました。それもこれもこちらのおふたりの尽力があったからと親父からも大番頭からも事細かく聞かされています。本来ならば親父の言葉をうけて、私が判断すればよいことでしょう。ですが、私は一番難儀な折、照降町を留守にしておりました。私の肩代わりというては不遜ですが、いまがあるのは八頭司様と佳乃さんのお陰です。それでな、親父に返事をする前におふたりに相談というか、話を聞いてほしかったんですよ」

と手際よく朝太郎が説明した。

「驚きました。うちのお父つぁんの死は病です。蘭方医の大塚南峰先生の治療でも敵わなかった不治の病です。宮田屋のご当代はまだまだお元気、隠居するには早くございませんか。いえ、若旦那様の経験が浅いとかそういうことではなく、源左衛門様の体調を考えての意見でございます」

佳乃は朝太郎から隣に座す周五郎に視線をやった。

「宮田屋の若旦那どの、それがし、鼻緒屋の半端職人でござる。老舗の代替わりにうんぬんいうのは烏滸がましゅうござろう」

「八頭司周五郎様にお伺いしたかったのは、ただ今の照降町、いえシマ界隈を八頭司様のほうが私より把握しておられると確信しているからです。まだ照降町の再建は半ばにも達しておりますまい。八頭司様の力と佳乃さんの鼻緒挿げの技は、照降町にとっても宮田屋にとっても大きゅうございましょう。ゆえにかように突然お伺いして話を聞いてもらいました」

「若旦那どの、話はとくと分りました」

と応じた周五郎が佳乃を見た。

「若旦那、わたしは鼻緒挿げの女職人です。そんなわたしの考えはすでに申し述べました」

と言い、いったん言葉を止めた佳乃が、

「八頭司様は、早晩この照降町から出ていかれるお方です」

と言い添えた。

「やはりそうですか」

と松蔵が肩を落とした。

「佳乃どのには伝えましたが先の七月、それがしの兄は内紛の対立派に襲われて身罷りました」

「な、なんと兄上様は殺されなさったのですか」

と松蔵が驚愕の声を漏らし、

「八頭司様の父上が御奉公の藩はあれこれと噂が流布していますな」

と江戸の近況を知らぬと言った朝太郎がこう述べた。

「父は御番頭として勤めておりますゆえ、八頭司家がすぐにどうなるという話ではありません。とはいえ、小倉藩の江戸藩邸のなかでただ今のそれがしの立場、八頭司家の立場も曖昧微妙なものです。それがしが照降町を出るとしたらこのことに絡んでです」

四人の間にしばし沈黙が続いた。

「ようもお話しくださいました。ここまで八頭司様や佳乃さんが頑張ってくれたことについ私は甘えてかような話をしてしまいました」

「若旦那どの、お互いの立場が分ったところでそれがしが申し上げるとしたら、旦那どのと若旦那どのの代替わりはもう少し先でもよいのではございませぬか」

松蔵が首肯した。そのうえで、

「おおよそでようございます。八頭司様は照降町にいつまでおられることができるとお考えでございますな」

と周五郎に尋ねた。

「それがしは、来年の三月二十一日まで鼻緒屋にて奉公が叶えば、と願っており申す」

「すなわち大火事から一年後までにございますな」

と松蔵が応じて、周五郎が頷いた。

「八頭司様」

佳乃が朝太郎と松蔵の前ゆえか、そう呼びかけた。

「なんです、師匠どの」

「最前八頭司家の立場はお聞きしましたが、やはり殿様の命でございますか」

「殿のお考えもある。八頭司家の都合もある。兄が殺害されたことを殿のご判断にて、『病死』と認めてもらった。そのお陰で八頭司家は御家取潰しに遭うことなく父は奉公しておる。下世話な表現を借りればそれがし、殿に借りを作った。ゆえに『来年の三月二十一日まで鼻緒屋で働かせてもらう』とそなたに確約できぬのだ、申し訳ない」

「周五郎さんらしい考えね。わたしの推量では周五郎さんのお力で小倉藩小笠原家も公儀から守られたのではございませぬか。借りはお互いです」

との佳乃の言葉に周五郎は軽く頷いた。

「朝太郎どの、それがしが来年の三月まで鼻緒屋にて奉公しているとして、その折まで宮田屋は源左衛門様、朝太郎どののおふたりで切りもりできないものだろうか」

「大火事の一年後まで旦那様が宮田屋の七代目として働いたのち、隠居して深川入船町の別邸に本式に移られる。そのあとを若旦那が宮田屋の八代目として継がれるのですな。私は若旦那のためにもこの程度の余裕があったほうがよろしいかと思います」

と松蔵が応じて、朝太郎と周五郎が頷いた。

朝太郎と松蔵が宮田屋に戻り、忙しい一日が始まった。

佳乃も周五郎も宮田屋の手代四之助の手伝いで黙々と働いた。

七ツ半時分に店仕舞いして四之助は親店に戻った。

「長い一日だったわね」

「ああ、長うござった」

「わたしも覚悟を決めたわ」

「どういうことかな」

「周五郎さんの力に頼らずこの照降町で生きていくということよ。この前、根岸に茶屋清方様と梅香様を訪ねたわね。あの帰り道、人には分相応の生き方があると思ったの。梅香様の暮らしが羨ましいなんて思わない。わたしはわたしの生き方があると思ったの。そして、八頭司周五郎様には周五郎さんのさだめがあると思ったのよ。でも、あの折、そんな思いを口にできなかったの」

佳乃の言葉に周五郎は応じられなかった。

「やはり八頭司周五郎様の大望は、小倉藩小笠原家のためにあったのよね」

「佳乃どの、部屋住みであったそれがしに大望などあるわけもない。弥兵衛親方のもとで鼻緒職人になることが夢であったのも正直な気持ちであった。清方様が申されたように兄の突然の死がそれがしの行く末を変えることになったのはたしかじゃ。許されよ」

「周五郎さん、詫びの言葉なんて口にしないで。わたし、哀しくなるもの」

佳乃の言葉に頷いた周五郎は、

「佳乃どの、余計なお節介は承知でいうが、これから頼りにするのは幸次郎どのだ。幸次郎どのと幸せになってくれぬか」

佳乃は黙って周五郎を見た。その眼差しに哀しみと寂しさと怒りがあるのを周五郎は見たが気付かぬ振りをした。

「一夜の夢はあったの、なかったの」

「小賢しい言辞は弄したくない。あの一夜、それがしが死ぬまで忘れはせぬ」

長いこと沈黙していた佳乃が、こくりと頷いた。

「佳乃、周五郎さん、夕餉だよ」

と台所から叫ぶ八重の声がふたりの想いを断ち切った。

三

江戸の二丁町に官許の芝居小屋中村座が完成したことが読売などで広まった。さらに師走から正月にかけての落成記念興行の出し物が新作『照降町神梅奇譚恋之道行』と正式に決まり、芝居小屋の正面に櫓下看板がにぎにぎしくも晴れがましく飾られて年末の景気を煽っていた。

この日、佳乃と周五郎はふたりだけで新築なった中村座の前に立った。芝居小屋の正面を見つめる大勢の人込みがあって、絵看板の位置が直されていた。

中村座の座紋「角切銀杏」の下の櫓下大看板がふたりの眼に飛び込んできた。絵看板には、梅の幹に帯を巻いて抱きつく女が描かれていた。背景には男たちが必死で梅に水をかけている姿があった。

五世の岩井半四郎が扮する女形の役は鼻緒職人の芳女とあり、相手方の浪人の後藤寺大五郎役は中村勘四郎とあった。さらに芳女をめぐるもうひとりの男は、船頭の光之助とあった。

芝居の絵看板を見る人々の群れから中村座座頭の中村志乃輔《しのすけ》が姿を見せて佳乃に視線を向けると、

「佳乃さんや、この演目当たりますぞ。実在の主人公のそなたをみたら五世の岩井半四郎が『私でよかったか』と頭を抱えますぞ。ともかくな、魚河岸から二丁町を結ぶ照降町は、江戸一番のにぎわいになってな、佳乃さんの鼻緒屋には客がつめかけます。覚悟をしていなされ」

と予測した。

「座頭、芝居小屋の中を見物に参ったが、本日は多忙の様子、また出直してまいろうか」

「八頭司様、冗談はよしてくだされ。中では稽古が始まってますがな、座頭の私が舞台からせり上がり、本花道、すっぽん、奈落から客席の平土間、桟敷、楽屋と小屋じゅうを案内しますでな、おふたりして従ってきなされ」

と客席への入口、左手の鼠木戸から佳乃と周五郎を平土間へと入れた。

履物を脱いだ三人は、芝居の全体を統括する仕切場から幕をめくって劇場内に入った。すると舞台上では浴衣姿の役者衆が動きに合わせて台詞をいいながら稽古をしていた。

志乃輔が本花道を舞台へとふたりを案内して、

「五世、少しばかり暇を頂戴できますか」

と声をかけた。

「座頭、どないな用です」

と振り返った岩井半四郎が、

「うむ、照降町の女神さんのご入来か」

と佳乃を直ぐに認めた。

「佳乃さん、あんたさんの役を演じる岩井半四郎丈です」

と座頭が紹介した。

佳乃は岩井半四郎が役者の眼差しで自分を見ているのを察した。

「照降町の鼻緒屋佳乃にございます」

「ううーん」

と半四郎が唸り、

「座頭、えらい別嬪さんやがな、いい女子衆はんや。本人を見たらわて自信がのうなったがな」

と冗談か本気か、上方訛りに変えて言い放った。

「そや、佳乃はん、うちにな、鼻緒の挿げ方を教えてくれまへんか」

と半四郎が願った。

「岩井半四郎様、わたしに出来るただ一つのことです。本日はなんの道具も携えておりません。お急ぎなれば明日にもこちらに道具を持って参じます」

「頼みます」

と半四郎が丁寧に頭を下げた。

文化・文政期の名女形五世岩井半四郎は安永五年生まれで、五十路を超えていたが、

「目千両」

と評される眼差しと色気と艶が五体から滲みでていた。背筋がピンと伸びてそのような歳とは思わせなかった。

半四郎は直ぐに稽古に戻っていった。

一刻後、ふたりは中村座を辞去し二丁町の往来に出て、期せずして揃って大き

な息を吐いた。

「名代の女形岩井半四郎丈に会うなんて考えてもいなかった。驚きっぱなしよ」

「次の折にはトオシの使い方を教えねばならぬぞ」

と言った周五郎も、後藤寺大五郎を演ずる中村勘四郎から凝視されているのに気付いていた。

「いやはや慣れぬことをするものではないな。気易く引き受けたがいまになって後悔しておる。まさか小倉藩江戸藩邸から初日の予約が入っているなど、努々考えもしなかった」

なんと落成記念興行の初日に小倉藩江戸藩邸から桟敷を十席との注文が入ったそうだが、中村座としてはなんとか三席で我慢してもらったという。どうやらこの注文主は直用人鎮目勘兵衛と思えた。

「もはや正月の席まで埋まっているなんて驚きだわ。客が入らなかったらどうしようなんて考えていたけどわたしが案ずることではなかったのね。年末年始、照降町の往来を歩けないわ」

ふっふっふふ
と笑う周五郎に、

「わたしばかりではないのよ。八頭司周五郎さんも大手を振って往来を歩けないわよ」

と言った。

周五郎は奈落や廻り舞台の仕掛けや機構に関心をもってひとりで繁々《しげしげ》と見ていた。そのせいで佳乃は座頭の中村志乃輔とふたりだけで話す機会が多かった。

「桟敷席をわれらも二つ頂戴したな。これは宮田屋に渡したほうがよいのかのう」

「座頭が言われたわ。宮田屋はやはり平土間の四枡席を興行日初日から正月と何回もとってあるそうよ」

「魂消《たまげ》たな」

と言った周五郎が、

「茶屋清方どのと梅香様をお招きせんでよろしいかな」

「すでに茶屋家から平土間と桟敷席の注文が入っているって」

「貧乏人が大金持ちの茶屋家を案じることはないか。それにしても鎮目様はなにを考えられたのやら」

と周五郎が首を捻った。

ふたりが照降町の親仁橋に戻ってくると、

「よしっぺ、見たか。中村座の絵看板よ。ありゃ、よしっぺだぜ」

と橋下の猪牙舟から幸次郎が大声で叫んだ。

「幸ちゃん、勘違いよ。あの絵の主は五代目岩井半四郎丈よ。鼻緒屋の佳乃なんかじゃありません」

「そりゃ、分っているさ。だけど半四郎丈が演じるのはこの照降町の鼻緒屋の佳乃の役だろうが」

「お芝居では芳女よ。佳乃じゃないの」

「そう言い切れるかね。これからよ、照降町を歩く折は御高祖頭巾《おこそ》でもかぶってよ、歩かなきゃあとてもじゃねえが前に進めねえぜ」

と幸次郎が興奮の体で言い足した。

「幸次郎どの、しっかりとわが主の腕を握っておらねば、あちらこちらから誘いがかかり、とても幸次郎どのもそれがしも付き合ってはもらえなくなるぞ」

「ううっ、えらい話になったたな。まだよ、芝居小屋が出来あがっただけでこれだぜ。おりゃ、あの中村座の正面の絵看板見たとき、ぞくぞくしてよ、小便をちびりそうになったぜ」

「それはいかぬな。本物の芝居を見たらどうなるな」

「そこだ、おれが案じているのはよ。うちの一家も船宿の中洲屋もてえへんな騒ぎでよ。おれがふられ役じゃねえかとかよ、その他大勢組でちらりと出てくるだけだとか、うるさいんだよ」

「幸次郎どの、そなたはその他大勢組ではござらぬ。立派な役どころだ、むろん一つふたつ台詞があったな」

「どうしてそんなこと知っているんだよ、今日座頭に聞いたか」

「いや、佳乃どのとそれがしは狂言作者の志らくどのから台本を見せられたでな」

「ふーん。外題はなんだってしち面倒くさい字がつながってよ。ひと文字も読めねえや。いや、照降町の三文字は承知だ」

「あれか、『照降町《てりふりちょう》神梅《かみのうめ》奇譚《きたん》恋之《こいの》道行《みちゆき》』と読むそうだ」

「なに、こいのみちゆきって、だれとだれが道行するんだ。よしっぺと周五郎さんか、それともおれか」

「ううーん、最後の四文字は思わせぶりだが、座頭にも教えてもらえなかったな」

「おふたりさんじゃなくて、三人目がいるかもしれないわよ」

「えっ、周五郎さんもおれもふられ役か」

と幸次郎が愕然として肩を落とした。

若狭屋の店の前でもひと頻《しき》り騒ぎがあって、宮田屋の前には手代の四之助が待ち受けていて期待を込めて尋ねた。

「八頭司さん、この四之助は出て参りますか」

「四之助どの、稽古をちらりと見ただけでは四之助どののらしき人物が芝居に登場するかどうか分らぬな。うるさがたの役回りで大番頭の松蔵さんは出ておるようだ」

「なにっ、この大番頭の松蔵はうるさがた、つまり悪役ですか。お芝居を見る気が失せましたな。私はこのシマ界隈で親切にして気遣いの松蔵で通っておりましょう、八頭司さん」

「は、はあ。確かにほんものの大番頭どのはさようなお方でござるな。じゃが役者すべてが美形美男善人ばかりでは芝居にはなりますまい。憎まれ役がいて芝居が締まる」

「とは申せ、この松蔵が憎まれ役ですか」

松蔵が幸次郎や四之助以上にがっかりとした様子で店に入り、框に腰を下ろした。そこへ若旦那の朝太郎が加わり、

「大番頭さん、官許の芝居小屋中村座の舞台に大番頭さんらしき人物が出てくるだけでも大変なことですよ。私などその他大勢にも入りませんからね」

と慰めた。

朝太郎は父親の源左衛門と話し合い、己丑の大火の一年後まで父親から宮田屋の仕事全体を引き継ぎながら、ともに働くことになっていた。

芝居小屋が落成したというだけでこの騒ぎ、興行が師走の十六日から始まり正月いっぱい続いたら、どうなるのだろう。鼻緒挿げどころではないわ、と佳乃は思った。そう考えたら、佳乃の気持ちはすっと静まった。

「大番頭さん、店に帰り、鼻緒挿げに専念します」

「えっ、佳乃さんは仕事をしますか」

「大番頭さん、それがわたしの務めではございませんか。それとも中村座に詰めておりましょうか」

「佳乃さん、ただ今の大番頭さんになにを言っても無理です。鼻緒屋に戻り、八頭司様と仕事をなされ」

と朝太郎が佳乃に応じた。

師走が慌ただしく過ぎていく。

佳乃は鼻緒屋の仕事の手がすくと二丁町に行き、岩井半四郎の稽古の合間に鼻緒の挿げ方を教え、また照降町の鼻緒屋に戻って仕事をした。

そんな折、火事で焼け出されていたみつの一家が元の裏長屋が再建されたというので川向こうの避難場所から戻ってきた、と周五郎に佳乃は聞かされた。大工の父親にとって川向こうの住まいは不便だし、みつも新たな仕事を見つけるのが難しかったという。もっとも周五郎も共通の知り合いに聞かされた話で、今ひとつ曖昧だった。

「一度おみつちゃんと会いたいわね」

「それがしも気になっておった」

と問答した翌日の四ツ過ぎ時分、ふらりとみつが鼻緒屋を訪ねてきた。

中村座落成記念の興行初日五日前のことだった。

「おみつちゃん」

「おお、おみつどのか」

と佳乃と周五郎が驚きの声を上げた。

「佳乃さん、びっくりしたわ。佳乃さんとお侍さんがお芝居になるのね。お父つぁんに頼んで、ふたりのお芝居を見たいと願ったんだけど、落成興行はすべて予約のうえに正月まで売り切れていると言われて断わられたの」

「おみつちゃん、正月の松の内あけでもいい。一家は五人よね、一枡とれば家族で見物できるわよね」

「えっ、佳乃さん、そんなことができるの。いえ、ちょっと待って枡席一つって高くない」

「座頭さんに願えばそれくらいはできないことはないと思う。お金は気にしないで」

佳乃がいささか不安を残した声音で答えた。

「佳乃どの、そなたの頼みを座頭が断われるものか。なにしろこのご時世に師走から正月にかけての特別興行が売り切れなんてことは、まずないそうだ。佳乃どのが荒布橋の御神木の梅を守ったからこそこの興行が盛況なのだ」

「周五郎さん、お客様は岩井半四郎丈の女形姿を見たいのよ。わたしも別の日に『京鹿子娘道成寺』をみたいもの。楽しみよ」

「それがな、座頭どのに言わせるとこたびの興行の出し物で断然の人気は、『照降町神梅奇譚恋之道行』だそうだ。つまりは鼻緒屋の女主佳乃どの見たさだ。まず初日はこの外題の通し狂言一本で勝負といっておられた」

「周五郎さん、わたし、役者じゃないのよ」

「おお、そこだ」

「どうしたの」

「座頭の中村志乃輔どのは、役者衆にも内緒で佳乃どのがちらりとでも舞台に立てぬかと思案していなさるそうだ」

「初日は五日後よ、それにわたしはこれでも女でございます。周五郎さん、舞台に女が立てるもんですか」

「座頭が言われるには、歌舞伎役者は出雲阿国《いずものおくに》と呼ばれる女が京でな、舞台にたったのが最初だそうだ。ならばやってやれないことはないと申されてな、それがしに佳乃どのを口説いてくれぬかと頼まれたのだ」

「いつのことよ」

いささか憤然とした佳乃が周五郎に言った。

「昨日、そなたは中村座に道具の使い方を教えに行ったな。その最中、座頭がこここにきてそれがしに頼んでいかれたのだ。直ぐにも話そうとしたのだが、それがしも迷ってな」

「待ってよ。芳女は岩井半四郎丈が演じるのよ。どうして本人のわたしが出なきゃならないの、おかしくない」

「なにやら座頭に考えがあるようでな、『照降町神梅奇譚恋之道行』の幕が開く前に佳乃どのに舞台に立ってほしいそうだ。それ以上のことはそれがしも知らぬ。どうだ、ここまでどっぷりと中村座の落成興行に関わっておるのだ。とことん付き合ってみぬか。座頭の願いを聞き入れれば、おみつどの一家の頼みなど容易く叶うというものではないか」

「周五郎さん、あなた、何者、中村座の座頭のお先棒担ぎ」

「うーむ、そう申されるな、見習職人のそれがしが為すべきことではないと、ひと晩迷ったのだ。おみつどのの話を聞いてな、勇気を振り絞ったところだ」

と周五郎が困惑の体で言い、みつがなにか言いかけた。

「おみつちゃんの願いとこのことは別の話よ、いいわね」

とみつに言った佳乃が話柄を転じた。

「おみつちゃん、また富沢町の古着屋に勤めているの」

「ああ、そのことよ。あそこはまだ店ができるかどうか分らないんですって。それでね、佳乃さんに相談してみようと訪ねてきたの。芝居見物どころではないのよね、うち」

と答えたみつの声が明るかった。

「なにかあったの、おみつちゃん」

「堀江町の万橋近くに大塚南峰先生の診療所が出来たんですってね、こちらに来る道中、ちょっと覗いていこうとしたら、すごく病人や怪我人が並んでいるじゃない。引き返そうとしたら、南峰先生が私に目を止めて、『弟妹に病人がおるのか、連れてこい』と叫ぶから、そうじゃなくてどんな風か見にきたと話していたら、南峰先生が、『おみつ、仕事がないのならば、うちの手伝いをせぬか』というじゃない。私、怪我や病人を診る先生の手伝いなどできないと答えたら、『そなたの仕事は、病人から診察料や怪我人の治療代を受け取るだけだ。みよ、半分以上の者どもが最初から金を支払う気がないのだ。貧乏人は致し方ない。だが、巾着には十分に金子を持っておる連中も払う気はないのだ。そこでな、その者たちから正当な診察料をもらう仕事だ、どうだやってみるか』って、思いがけなくも突然仕事先が決まったの。だから、私、能天気にお芝居の話などしちゃったのね」

「おお、それはよい。大塚先生ならば信頼がおけるでな」

　と周五郎が請け合い、

「よかったわね、おみつちゃん」

「お父つぁんひとりの稼ぎで暮らすのはぎりぎりだもの。診療所の仕事ならば、雨風に関わりないものね」

　とみつが安堵した声でいい、

「やっぱりシマはいいわね。この照降町の荒布橋に御神木の梅の木があるからよ。としたら佳乃さんがお芝居になってもいいのよ、御神木の信徒頭は佳乃さんよ」

　と言い添えた。


　照降町の荒布橋東側に立つ御神木の前に中村座の座頭中村志乃輔、こたびの興行の大看板の五世岩井半四郎らが集い、注連縄《しめなわ》の張られた老梅に拝礼して『照降町神梅奇譚恋之道行』の興行成功を祈願していた。そのなかに照降町関係者ではただひとり佳乃が加わっていた。

四

文政十二年（一八二九）十二月十六日、二丁町の官許の芝居小屋中村座が真新しく染め抜いた櫓幕も誇らしげに、己丑の火事で焼失してわずか九か月で興行を打つことになった。

正面には贔屓筋から贈られた下り酒の四斗樽が並び、櫓下看板『照降町神梅奇譚恋之道行』から白地の旗が突き出されて、

「大入」

と黒々と芝居文字で書かれて師走の風にわずかになびいていた。

初演の『照降町神梅奇譚恋之道行』は、

「序幕」

から最終幕の、

「大切《おおぎり》」

までの、

「通し狂言」

だ。

芝居の始まりは四ツ（午前十時）、終演は七ツ半（午後五時）が予定されていた。新作は三幕物で、演じてみなければいつ終わるか、座頭の中村志乃輔も正確には分らないという。

佳乃は、五ツ半（午前九時）に芝居小屋の楽屋入りを命じられていた。周五郎が従って、正面裏手の楽屋口には、副座頭の中村文福が迎えに出ていた。

「佳乃さん、八頭司様、親父は正面の鼠木戸でお客様をお迎えしておりますで、私が代わりに楽屋にご案内します」

とふたりに笑みの顔で話しかけた。

「よろしくお願い申します」

佳乃が落ち着いた口調で応じて、文福が作者部屋にふたりを案内した。そこにはすでに柳亭志らくがいた。

「本日は無事に初日を迎えられおめでとうございます」

と佳乃が挨拶した。志らくが、

「まさか己丑の大火事の年に中村座が落成し、新作で興行とは考えていませんでした」

と言いながら乱れた髪に着古した木綿縞の綿入れ姿の佳乃を見た。この衣装は三年ぶりに出戻った佳乃が着ていたほんものだ。

「佳乃さん、中村座に初出演にもかかわらず地味な衣装で申し訳ございませんな」

「わたしの役は岩井半四郎丈方、役者衆の引き立て役と聞いております」

「いかにもさようです。ですが、この『序幕』前の佳乃さんの姿が新作の評価と人気を決めます」

佳乃はただ頷き、瞑目した。もはや問答の要はないと思った。

その横顔を周五郎は美しいと思った。

「この佳乃どのの出演をそなたが発案なされたか」

「いえ、座頭の注文です」

と周五郎の問いに志らくが答えた。

緊張と沈黙の時が流れた。

不意に芝居の始まりを示す拍子木が鳴らされた。

「佳乃さん、私に従ってくだされ」

と志らくが言うと、佳乃が両眼を開いて立ち上がった。

周五郎は、付き添いなど要らなかったなと思った。

宮田屋源左衛門一家が平土間のひとつの枡席に座り、大番頭の松蔵、それに八重らは隣の枡に座していた。

「おかしゅうございますな」

と松蔵が拍子木の音を聞きながら、桟敷席に佳乃と周五郎の姿がないことを訝しく思った。

「格別な席から見物しておるのではありませんかな」

と源左衛門が周りを見渡した。

これ以上はないという大入満席にもかかわらず、たしかに桟敷席がひとつ空いていた。

三味線の音が静かに流れた。

無人の舞台が蠟燭の灯りにふわりと浮かんだ。

ちらちらと雪が舞ってきた。

なにが起こるのか、客席が息を飲んだ。静かな始まりに、

(芝居が始まったのか、いや、まだだな)

と迷う客もいた。

しばしの間があって舞台がゆっくりと廻り始めた。すると照降町の御神木白梅の老樹が姿を見せた。その御神木の幹に手を添えた女の姿が浮かんでいた。三年余り江戸を留守にして出戻ってきた佳乃の姿だった。

面《おもて》にあたるように置かれた蠟燭の灯りが佳乃の顔を柔らかく照らした。懊悩を抱えた女がそこにいた。御神木に祈っていた。

「ああー」

芝居小屋のあちらこちらで吐息が漏れた。

平土間にいた茶屋梅香は、

(なんて美しいの、佳乃さんは)

と思った。

「おお、よしっぺだ」

「佳乃さんですがな、大旦那さん」

幸次郎と松蔵が漏らしたとき、流れる歳月を客に想像させて御神木と佳乃は客の眼から消えていった。

ふたたび闇が舞台に訪れた。次に灯りがついたとき、照降町で鼻緒の挿げ仕事をする芳女と大五郎の主従がいた。

「よっ、大和屋、待ってました」

との掛け声が、低いがよく通る声で響いた。そこへ宮田屋の松蔵と思われる大番頭が登場し、芳女の仕事ぶりを厳しい眼差しで点検し、驚きの表情をした。三年ぶりに出戻ってきた芳女が見事な鼻緒挿げを見せたからだ。

芳女が照降町に落ち着いた頃合い、悪たれの三郎次役が現れ、芳女を江戸外れの遊里に売り払おうとするのを周五郎役の役者が店の隅に立てかけてあったこん棒を摑み、手際よく片付ける騒ぎがあった。

「八頭司周五郎さんはよ、もっと強いし手早いぜ」

などとシマ界隈の住人と思われる客が漏らした。

「若旦那、私はあれほど意地悪ではありませんぞ」

と芝居ということを忘れた松蔵が朝太郎に言い訳した。

そのとき、ひとつだけ空いていた桟敷に、髪を結い上げ小粋な小紋に着換えた佳乃が、そして周五郎が静かに座した。

佳乃の隣の桟敷は武家だった。

その人物を見た周五郎が、

「殿」

と小声で驚きを発した。すると佳乃も、

（隣席のお方が豊前小倉藩小笠原家の御当主様なの）

と驚きを隠しながら藩主を見て会釈をした。忠固が佳乃に笑みを返した。

「周五郎が世話になっておる」

潜み声は佳乃にしか聞こえなかった。

ジャンジャンジャン
と半鐘の音が中村座に響きわたり、この年、文政十二年三月二十一日であることを客に思い起こさせた。

江戸の中心部を焼失させせた大火事は、わずか九月前のことだった。一幕目の山場の火事の場面だ。ふたたび廻り舞台が登場し、白梅の御神木に炎が襲いかかった。

「燃えるな、荒布橋の御神木よ」

と大向こうの立ち見客が叫び、決死の覚悟の芳女が帯を解くと身を老梅の幹に括り付けた。

「よっ、待ってました、よしっぺ」

「死ぬなよ」

と荒事にかけるかのような声が舞台の岩井半四郎が演ずる芳女に飛んだ。舞台には男たちが登場して堀の水を老梅と芳女にかけ始めた。

だが、炎は猛然と照降町の御神木とそれを守ろうとする芳女と男衆に襲いかかってきた。鳴り物が己丑の大火を再現して鳴り響き、炎と人とのひと晩の激闘を見せてくれた。

一幕目が終わった。

どよめきが芝居小屋を支配した。

舞台の転換の間、客の視線が桟敷の佳乃に向けられた。

「よしっぺ、ようやった」

と声までかかった。

佳乃はどうしてよいか分らなかった。芝居の主役は岩井半四郎をはじめ役者衆だ。

「師匠、黙礼をなされ」

と周五郎が小声でいった。

「は、はい」

お客衆に頭を下げた佳乃の背後に座頭の中村志乃輔が息を弾ませて姿を見せ、

「佳乃さん、いい出来でしたぞ」

と褒め、

「落成記念興行の演目は、『照降町神梅奇譚恋之道行』の通し狂言一本で決まりです」

と言い残すと姿を消した。

「周五郎、えらいところに奉公したのう」

と佳乃ごしに忠固が声をかけた。

「はっ、はい」

と答える周五郎から佳乃に視線を向け直した忠固が、

「予は願い難くなったわ」

と困惑の体で漏らした。

「お殿様、八頭司様はもはや決意なされております」

「そのほう、予が申すこと分ったうえでの返答か」

「八頭司周五郎様は身罷った父の代からのお弟子さんです。お殿様、八頭司様は照降町に修行に参られたのです。修行にはいつかは戻る場がございましょう」

「おお、周五郎が修行を終えて当家に戻ってくると、そなたは申すか」

はい、と答えた佳乃が周五郎に向き直り、

「ようございますね、八頭司様」

と念押しした。一瞬返答を迷った周五郎は、

「殿、ただ今の主の言葉にだれとて逆らえませぬ」

「おおそうか、そうじゃのう。となると、芝居の恋の道行はどうなるな」

「さあてそればかりは座頭どのしか分りますまい」

と返事をしながら周五郎は空しさと哀しみを胸の奥で強く感じていた。

二幕目が始まった。

舞台には照降町の焼け野原が模されて広がっていた。

チャリン
と金棒の音がして清搔《すががき》が場内の興奮をいったん鎮めた。

万燈の灯りが花道を、いや、吉原の仲之町を明るく浮かび上がらせた。

花道の幕が上がり、大和屋の家紋が入った角提灯に導かれて花魁道中が始まった。

ふたたびどよめきが起こった。

禿《かむろ》、新造、番頭、男衆を従えた梅花花魁の花魁道中だ。

白無垢姿の梅花は岩井半四郎の二役だった。道中は花道の中ほどで止まり、平土間にいる本物の梅花花魁、ただ今は茶屋梅香に白無垢の役者梅花が挨拶した。

おおー
というどよめきと同時に静かな手拍子が、花道の花魁道中と花魁から身請けされた平土間の茶屋梅香に贈られた。すると梅香が立ち上がり、花道の自分役の花魁岩井半四郎に会釈すると、桟敷席に向き直り、佳乃にも挨拶するように乞うた。

佳乃が腰を屈めて立ち上がり、まずは岩井半四郎の花魁に、さらには茶屋梅香に会釈を送ると芝居小屋が揺れるほどの歓声やら手拍子やらが起こり、芝居なのか現実なのか虚実入り混じっての大興奮が芝居小屋を圧した。


芝居は七ツ半に終わった。

佳乃と周五郎は副座頭に楽屋に呼ばれて岩井半四郎ら役者衆全員と面会した。

半四郎が、

「佳乃さん、私のな、財産《おはこ》を創ってもらいましたがな、お礼を申します」

と佳乃に頭を下げた。

「わたしがお芝居の邪魔をしたのでなければようございますが、案じております」

「邪魔なんて、なにも差し障りなどありません。あの客の喜びようを見たでしょうが。『照降町神梅奇譚恋之道行』は歌舞伎演目の新たな十八番になります」

と半四郎がいい、座頭の中村志乃輔も、

「間違いはありません。序幕前の佳乃さんの出と表情がいい、あの味は役者では出せません。あの場を実際に経験した者でなければな」

とまで言い切り、

「佳乃さん、全日とはいいません、この芝居の人気が落ち着くまで節目節目に出てくだされ」

と乞われた。

佳乃は役者衆や裏方が上気する雰囲気に驚かされた。

「疲れませんかな」

半四郎が佳乃を気遣った。

「正直疲れました。本日はこのまま帰らせて頂きます」

と楽屋口を周五郎といっしょに出ると大勢の客が待っていて、佳乃の姿に歓声を上げた。どの顔も佳乃の知らない人々だった。

「お見苦しい素人芝居でございました」

「そんなことはありませんぞ。大和屋一門を食っておりましたな」

と芝居通と思える旦那が言った。

「ありがとうございます、と礼を申してよいのやらどうやら今のわたしには分りません」

と言い残して二丁町からシマに向かった。

すると幸次郎が親仁橋の手前で待っていた。

「なかなかの大芝居だな。もっともおれの役者は当人のおれほどの貫禄はなかったけどな」

という幸次郎は未だ上気している様子だったが佳乃は、

「わたし、先に戻っているわ」

と独り橋を渡っていった。

(疲れたのか)

その背をちらりと見た幸次郎が周五郎に尋ねた。

「おりゃ、分らないことがある。この芝居『照降町神梅奇譚恋之道行』だよな。

最後の場面の花道でよ、道行する芳女と後藤寺大五郎といったっけ、周五郎さんらしきふたりが立ち止まり、芳女がよ、『待って、大五郎さん、わたし、やっぱり照降町に残るわ。あそこがわたしの生きていく町だもの』といってよ、後ろ髪を引かれながらも毅然として花道を戻っていくよな。大五郎の周五郎さんよ、おまえさんはよしっぺに袖にされた図で終わりか」

「どうやらそうらしいな」

「どんな気持ちだ、周五郎さんよ」

「どんな気持ちと問われても芝居でござる」

「現《うつつ》とは違うというのか」

「現を映しているといえばそうかもしれん」

「となるとよ、このシマ界隈に残っているのはこの幸次郎様だ」

「そうじゃな」

「それでいいのか」

「前々から言うておろう。幸次郎どのが佳乃どのを好きなれば、はっきりと想いを伝えなされ」

「想いを伝えろだって。よしっぺ、察してくれねえかね」

師走の夕暮れの陽射しが照降町を淡く照らしていた。

佳乃が独り照降町に入ると、親仁橋の袂から、点々と荒布橋まで灯りが点り、照降町の往来に大勢の住人が集まって、

「ご苦労さん、佳乃さん」

「いいお芝居だったね」

と口々に褒めてくれた。

一瞬驚いた佳乃は、

「ご一統様、あの芝居、わたしだけで創られたものではございません。皆々様が照降町の御神木を護ったがゆえに『照降町神梅奇譚恋之道行』が出来上がったのではございませんか。お礼を申すのはわたしです。三年もこの町を留守にして、出戻ったわたしを照降町は快く受け入れてくれました。ありがとうございます」

というと深々と頭を下げた。

「よう、言いなさった、佳乃さん。今日のお芝居を弥兵衛さんに見せとうございましたな」

宮田屋の主源左衛門が芝居小屋帰りの羽織袴姿で応じた。その両眼が潤んでいた。

その言葉に大きく頷いた佳乃は照降町をゆっくりと御神木の老梅に向かって歩いていった。

中村座落成記念の新作『照降町神梅奇譚恋之道行』は、文政十三年の正月いっぱい、大入満員興行が続いた。

興行の最終日も佳乃は序幕前の老梅といっしょの無言劇を演じた。

この日、照降町の鼻緒屋に戻ったのは、五ツ半（午後九時）時分だった。

表戸を開けて待っていたのは船頭の幸次郎だった。

「八頭司周五郎さんは出て行きなすったぜ」

と幸次郎が仕事場の中二階を見上げた。

「そう、お屋敷に戻ったのね」

「ああ、譜代大名小倉藩小笠原家の御番頭として父親の跡継ぎになるそうだ。この話は、よしっぺ、おめえと殿様が芝居初日の桟敷で話し合って決まったそうだな。周五郎さんによ、よしっぺの帰りを待たないかと幾たびも願ったんだけど、いや、芝居ではないがよき思い出を胸に道三堀の屋敷に戻るって言い残してな、潔く去っていった」

佳乃の脳裏に、

「一夜の夢」

の光景が去来した。

「明日からはよ、おれがなんでも手伝うぜ。もっとも船頭のおれには鼻緒挿げはできないけどよ」

「幸ちゃんに鼻緒挿げになってほしいなんて、わたし、ちっとも考えてない。だって幸ちゃんは立派な船頭だもの」

「よしっぺ、おりゃ、八頭司周五郎さんにはなれねえ。おれなりによ、よしっぺに尽くす。いつの折か」

と言いかけて言葉を止めた幸次郎が、

「疲れたろう。明日また顔を見にくる」

と言い変えて表戸から出ていった。佳乃は、

「幸ちゃん」

と呼びかけようと思ったが言葉にはならなかった。

文政十三年正月晦日の宵だった。


（完）

あとがき

時代小説に転じて二十一年余、文庫書下ろしというスタイルでいくつシリーズを書いてきたろうか。ともかく冊数を稼ぐため、ただ次作のことばかりを念頭に読み直すこともなしに書き継いできた。むろんそれは食わんがための手段だ、物語の展開とか構成を考えてのことではない。その結果、シリーズがえらく長くなった。

いちばんの長編シリーズは言わずもがな、『居眠り磐音』五十一巻だ。いや、これは正確ではない。なぜならばスピンオフが五作あり、さらに『居眠り磐音』の倅篇というべき『空也十番勝負』が五番勝負で中断しており、本年八月から決定版五巻七冊を刊行したのち、来春一月から六番勝負を改めて執筆する。ということは坂崎磐音・空也の父子の物語は未だ「シリーズ」が続いているともいえる。『空也十番勝負』を終えたあと、おそらく筆者自身の年齢は八十三、四歳であろうか。

その折、架空の人物坂崎磐音も筆者の私と同じ老齢に達しているであろう。そこでこの大長編シリーズの最後として『磐音残日録』を書いて筆を擱きたいと希望している。むろん天のさだめに従い、磐音の晩年を書く以前に筆者が身罷ることは大いに考えられる。

読者諸氏、それはそれとしてお許し願いたい。

血液型での性格判断などあまり考えないのだが、A型の特徴か、自分の気性は律儀と思っている。そのせいかなんでも決着をつけないと落ち着かないのだ。

シリーズの完結を見ずしてあの世に不意に行くとしたら、性急な気性でもある筆者は三途の川辺りから強引に引き返し、なにがなんでもシリーズの完結を書き上げるのではないかと案じる。

ともかく現代もので売れない作家だった私は、時代小説に転じてひたすら長編シリーズを書き飛ばしてきた。

とはいえ来春は八十歳だ。もはやかつての体力、集中力、創造力はない。文庫書下ろしの最盛期、「二十日で一作」と恥ずかしながら「豪語」して、一年に十六、七作を書いていた力はない。

なにしろ近ごろただ今書いている登場人物の名が直ぐに出てこない。脇役であれ、名前なしに書き継ぐのは嫌だ、過去の巻などを巡って名を探す。当然執筆に時を要する。そんな状況だ、長編シリーズは無理だ。

文春文庫で決定版『居眠り磐音』刊行の目処が立った折、倅篇の『空也十番勝負』を完結させる前に、頭のなかからいったん坂崎磐音を追い出して白紙にしたく、四巻の短い新シリーズをと考えた。

女の職人が主人公の短いシリーズへの挑戦は、私にとって初めての試みと思う。書いてみて私の現在の思考力、体力に見合った四巻であったと思っている。

あちらこちらに書き飛ばし、喋り散らしているが、筆者はどんな長編シリーズでも一作作品（『異風者《いひゅもん》』）でも構成を立てて書き始めることはない。冒頭の光景が浮かんだ瞬間、筆者の創作活動は始まり、なんとなく落ち着くところで終わる。

『照降町四季』の第一巻「初詣で」の始まりが典型的だ。

かっこつけ屋のやさぐれ男に騙されて、三年ほど六郷川の向こうの在所で暮らした女が、男にとことんいたぶられ、悪所に売られる直前に生まれた照降町に独り戻ってくる。

時節は師走、大晦日を数日後に控えている。

寒い宵だ。

「ただ今」

出戻り娘があっけらかんとして家に戻る現代とは違う。照降町の御神木老梅の前で女は迷う、すると雪がちらちらと降ってくる。

となると筆者の手になる物語の展開は勝手に動きだす。その成果が『照降町四季』四巻だ。

作者はそれなりに面白いというか、これまでの作風とは異なると思っているが、成果は読者諸氏が厳しく評価をお下しください。

それにしてもコロナ・ウィルスめ、いつこの世界から姿を消してくれるのか。一応ワクチンの第一回目を五月中旬に、三週ほど間をあけて二回目を六月にうつ。後期高齢者が医療関係者より早くワクチン接種とは手放しで喜べない。

令和三年（二〇二一）五月
熱海にて　　佐伯泰英

この作品は文春文庫のために書き下ろされたものです。

本書の無断複写は著作権法上での例外を除き禁じられています。
また、私的使用以外のいかなる電子的複製行為も一切認められておりません。

文春文庫

一《ひと》夜《よ》の夢《ゆめ》
照降町《てりふりちょうの》四季《しき》（四）

定価はカバーに表示してあります

2021年7月10日　第1刷

著　者　佐《さ》伯《えき》泰《やす》英《ひで》
発行者　花田朋子
発行所　株式会社 文藝春秋

東京都千代田区紀尾井町 3-23　〒102-8008
TEL 03・3265・1211㈹
文藝春秋ホームページ　http://www.bunshun.co.jp

落丁、乱丁本は、お手数ですが小社製作部宛お送り下さい。送料小社負担でお取替致します。

印刷製本・凸版印刷

Printed in Japan
ISBN978-4-16-791717-3

4か月連続刊行 新シリーズ!

日本橋の近く、傘や下駄問屋が多く集まる
照降町に、「鼻緒屋」の娘が出戻ってきた ——
江戸の大火と復興を通して描く、
知恵と興奮のストーリー!

江戸を描く【全四巻】

四季

画=横田美砂緒

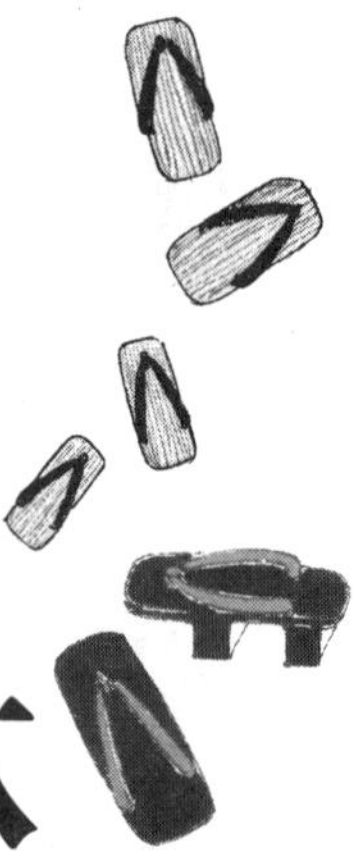

三 梅花下駄

ばいかげた 6月8日発売

四 一夜の夢

ひとよのゆめ 7月7日発売

文春文庫　佐伯泰英の本

佐伯作品初!

女性職人を主人公に

照降町

てりふりちょうのしき「

〈一〉初詣で

はつもうで　4月6日発売

〈二〉己丑の大火

きちゅうのたいか　5月7日発売

決定版 一

蟬

8月3日発売

以降、五か月連続で〈決定版〉を刊行！

二 恨み残さじ
9月1日発売

三 剣と十字架
10月6日発売

四 異郷のぞみし
11月9日発売

五 未だ行ならず
〈上〉〈下〉 12月7日発売

＊発売日は全て予定です

文春文庫　佐伯泰英の本

坂崎磐音の
嫡子・
空也の物語、
ついに再始動!

空也十番勝負

声なき

「無言の行」を己に課し、
道険しい武者修行の旅に出た
若者を待ち受けるのは——。

〈上〉〈下〉

文春文庫　最新刊

百花　川村元気
「あなたは誰？」息子は封印されていた記憶に手を伸ばす…

一夜の夢　照降町四季（四）　佐伯泰英
藩から呼び出された周五郎。佳乃の覚悟は。感動の完結

日傘を差す女　伊集院静
元捕鯨船乗りの老人が殺された。目撃された謎の女とは

彼方のゴールド　大崎梢
今度はスポーツ雑誌に配属!?　千石社お仕事小説第三弾

雲州下屋敷の幽霊　谷津矢車
女の怖さ、したたかさ…江戸の事件を元に紡がれた五篇

トライアングル・ビーチ　林真理子
恋人を繋ぎとめるために、女はベッドで写真を撮らせる

太陽と毒ぐも〈新装版〉　角田光代
恋人たちに忍び寄る微かな違和感。ビターな恋愛短篇集

穴あきエフの初恋祭り　多和田葉子
言葉と言葉、あなたと私の間。揺らぐ世界の七つの物語

色仏　花房観音
女と出会い、仏の道を捨てた男。人間の業を描く時代小説

不要不急の男　土屋賢二
厳しく優しいツチヤ教授の名言はコロナ疲れに効くぞ！

メランコリック・サマー　みうらじゅん
心ゆるむムフフなエッセイ。笑福亭鶴光との対談も収録

手紙のなかの日本人　半藤一利
漱石、親鸞、龍馬、一茶…美しい手紙を楽しく読み解く

太平洋の試練　ガダルカナルからサイパン陥落まで　上・下　イアン・トール　村上和久訳
米国側から描かれるミッドウェイ海戦以降の激闘の裏側